Prosa im Trialog

Jetzt wird es spannend, denn die elf Autorinnen dieses Erzählbandes haben sich auf das Experiment des kollektiven Schreibens eingelassen. Zu dritt eine Geschichte in aufeinanderfolgenden Kapiteln zu schreiben, die schlüssig und plausibel erzählt wird, ist eine Herausforderung. Welchen Namen gibt man dem gemeinsamen Kind, welche Merkmale bestimmen die Handlung und wessen Werte geben den Protagonist*innen eine Seele und eine unverwechselbare Haltung? Und wie baut man die Brücke von Kapitel zu Kapitel, damit die trialogisch verstrickte Handlung zu einem gemeinsamen Werk wird? Das literarische Werkzeug ist der ‚Cliffhänger‘, der den Spannungsbogen von Kapitel zu Kapitel treibt und der die drei Autorinnen einer Geschichte miteinander verbindet.

In drei Büchern sind fünfzehn Erzählungen mit jeweils vier Kapiteln thematisch organisiert. Sie sind inspiriert von Beobachtungen im Alltag, von Glücksmomenten und Momenten des Scheiterns und zeigen nicht nur die Ängste und Hoffnungen ihrer Figuren, sondern auch deren Abgründe und Möglichkeiten.

Renate Haußmann

Friederike Lydia Ahrens, Kirsten Eckmann,
Manon Haccius, Sabine Hammer,
Karin Harries-Hedder, Renate Haußmann,
Christiane Maria Luti, Felizitas Peters,
Barbara Rossi, Ursula Striepe, Marie Wedel

Jetzt wird es spannend

Geschichten zu dritt

© 2020 Renate Haußmann (Hg.)
Idee und Umsetzung: Renate Haußmann
Korrektorat: Manon Haccius, Felizitas Peters
Verlag & Druck: tredition GmbH, Halenreie 40-44,
22359 Hamburg
978-3-347-14277-0 (Paperback)
978-3-347-14278-7 (Hardcover)
978-3-347-14279-4 (e-Book)

BUCH 1

Wie die Zeit vergeht

Das Mädchen im Kirschbaum

Das Mädchen im Kirschbaum

Sie wollte gerade die löchrige Küchengardine wieder zuziehen. Da sah sie im dämmrigen Abendlicht die Umrisse des Mädchens auf der obersten Leitersprosse. Und wieder, wie all die Tage davor, stand es regungslos, seinen Kopf in Richtung Bahnsteig gedreht. Erwartete es jemanden? Suchte es Zuflucht im dichten Blätterwerk des Kirschbaums? Neugierig spähte sie in Nachbars Garten, doch die zunehmende Dunkelheit kaschierte alles und ließ die Konturen in einem tiefen Schwarz verschwinden. Gleich morgen früh, bevor sie ihre Wochenmarkteinkäufe tätigte, wollte sie ihr Fernglas auf die Fensterbank legen. Vielleicht konnte sie damit etwas entdecken, was Antworten auf ihre Fragen gab.

Das leichte Unbehagen, eine Voyeurin zu sein, schluckte sie am nächsten Tag mit dem ersten Milchkaffee herunter. Sie öffnete das Fenster, schloss die Augen, genoss die sommerliche Morgensonne und freute sich über das fröhliche Amselgezwitscher. Eine bedrohlich klingende Männerstimme holte sie jäh aus ihrer Entspannung. „Komm sofort herunter! Ich weiß, dass du dich wieder im Baum versteckst. Ich zähle bis drei, dann bist du in deinem Zimmer und wehe nicht, sonst setzt es was!" Mit zittrigen Fingern nahm sie das

Fernglas, drehte so lange am Rädchen, bis sie ihr Motiv scharf fokussieren konnte. Es erschien der Baumstamm mit seiner knorrigen Rinde und die an ihm lehnende Holzleiter. Und da saß das Mädchen auf einem Brett in der obersten Astgabel. Es hielt etwas in der Hand. War es ein Buch? Neben ihm stand eine glänzende Metallkassette, in die es ab und an hineingriff.

Das Mädchen war wie immer ganz schwarz gekleidet, fast unsichtbar, krähenartig. Nur dass kein Laut von ihm zu hören war. Es machte keinerlei Anstalten, seinen Rückzugsort zu verlassen. Im Gegenteil. In aller Ruhe holte es aus der glitzernden Box einen Zettel, einen Stift, schrieb etwas auf und steckte dann das Papier in eine winzige Asthöhle über seinem Kopf. Da sie von ihrem Beobachtungsposten aus nicht erkennen konnte, was das Mädchen schrieb, zog sie es vor, erst die Einkäufe zu erledigen und ihre Recherchen am Nachmittag fortzusetzen.

Beim Verlassen der Wohnung hörte sie erneut sein Brüllen. „Mach, was ich dir sage, und zwar sofort! Wenn du dich weiter weigerst und nicht das tust, was ich von dir verlange, kannst du die Nacht dort oben verbringen. Ich werde die Leiter in den Schuppen stellen. Du wirst schon sehen, was du davon hast! Du wirst frieren und hungern."

Sollte sie sich einmischen und Zivilcourage beweisen? Könnte sie diesen Vater überhaupt beruhigen? Er flößte selbst ihr Angst ein. Sie nahm sich vor, noch am heutigen Tag fachliche Hilfe in Anspruch zu nehmen. Zögernd stieg sie auf ihr Rad und fuhr zum Wochenmarkt. An einem Obststand lachten sie die ersten saftigen roten Süßkirschen an. Unweigerlich musste sie an das Mädchen im Baum denken. Von nun an nannte sie es ‚Cherry'. Auf dem Weg nach Hause sprach sie beim Jugendamt vor und schilderte einer Sozialarbeiterin, was sie beobachtet hatte und ihre Sorgen um das Mädchen. Sobald ihr Dienstplan es zuließe, versprach die Familienhelferin einen Hausbesuch zu machen, um sich vor Ort ein eigenes Bild von der Familie zu verschaffen.

Beim anschließenden Blick aus dem Küchenfenster stellte sie sofort fest, dass die Leiter nicht mehr am Stamm lehnte, dass aber Cherry auf ihrem Brett stand und zum Bahnsteig schaute. Durch das Fernglas konnte sie auch erkennen, dass sie Kirschen aß und die Kerne im hohen Bogen Richtung Bahnsteig spuckte. Gedankenverloren tat sie es dem Mädchen gleich. Sie verzehrte eine nach der anderen von diesen köstlichen Früchten und beim Weitspucken empfand sie geradezu ein kindliches Vergnügen. Plötzlich drehte sich das Mädchen ruckartig um und schaute in ihre Richtung. Sie nutzte die Gelegenheit und rief ihm zu: „Hallo, hier bin ich, im Nachbarhaus. Hast du Lust mich zu besuchen?" Schon verschwand Cherry wieder im Blätterdickicht. Doch ein paar Minuten später schritt sie langsam und aufrecht ihren heimischen Plattenweg entlang zur Gartenpforte. Ihr majestätischer Gang passte nicht zu ihrem schwarzen Schlabberlook. Ehe sie sich versah, stand ein Mädchen mit großen, rehbraunen Augen und einem ernsten, unkindlichen Gesichtsausdruck vor ihr. Sie ignorierte ihre ausgestreckte Hand, ging an ihr vorbei in die Küche und setzte sich auf einen Stuhl. Sofort wollte sie von ihr wissen, wie alt sie sei, in welche Klasse sie gehe, und vor allem wollte sie erfahren, was sie tagtäglich in dem Kirschbaum mache. Cherry presste ihre Lippen aufeinander, zog ihre Stirn kraus und antwortete nicht. War sie taub oder gar taubstumm? Als sie ihr anbot, sie nach Hause zu begleiten, begann sie hektisch aus einer Tasche ihrer übergroßen Strickjacke etwas hervorzuziehen. Sie hielt ihre Glitzerschachtel in der Hand, aus der sie mehrere Zettel und einen Stift entnahm. Mit Großbuchstaben schrieb sie auf ein Blatt *NEIN*, auf ein anderes die Zahl *9*, darunter eine *4* und auf einen neuen Zettel schrieb sie *FREIHEITSLIEBE*. Sie konnte also hören, aber nicht sprechen.

Verwundert schaute sie das Mädchen an. In seinem Blick sah sie jetzt keine Traurigkeit mehr, eher eine unbändige, wilde Entschlossenheit. Zaghaft wollte sie es am Arm berühren, doch es zuckte zurück, versteifte seine Körperhaltung und rückte vom Tisch ab. Sofort zog sie ihre Hand zurück. Sie wollte es auf keinen Fall verschrecken. Seine Einwortsätze, die alle wichtigen Informationen enthielten, faszinierten sie. Behutsam wies sie das Mädchen darauf hin, dass es schon spät sei, und sie zuhause bestimmt von ihrem Vater erwartet werde, worauf sie ihr erneut den *NEIN*-Zettel hinlegte, und jetzt begriff sie. Auf ihre Frage, ob sie am Sonntag wiederkommen möchte, schrieb sie *JA*.

Am nächsten Tag empfing sie Cherry mit frisch gekochter Kirschmarmelade und einem Zettelkasten. Sie konnte nun für ihre Antworten verschiedene Farben auswählen. Nach einer Stunde war der Küchentisch mit kleinen bunten Vierecken übersät. Beide spürten, wie sich in der wohltuenden Stille eine Beziehung zwischen ihnen anbahnte. Eine Woche später lächelte Cherry sie zum ersten Mal beim Abschied an. Doch sie unterdrückte ihren Impuls, das Mädchen zu umarmen.

An einem lauen Sommerabend öffnete Cherry ihr Küchenfenster und schrieb zwei Wörter auf einen grünen Zettel *FREIHEIT ATMEN*. Längst hatte sie verstanden, was dem Mädchen der Kirschbaum bedeutete: allein und für andere unsichtbar sein, träumen dürfen, atmen können und, vor allem, sich frei fühlen.

Nach einigen Tagen stand die Leiter wieder am inzwischen fast völlig abgeernteten Kirschbaum. Durch das Fernglas entdeckte sie Cherry. Sie stand in einer Astgabel und ihre geöffnete Schachtel befand sich neben ihr auf dem Brett. Mit einer Hand hielt sie sich am Stamm fest, mit der anderen holte sie einen Zettel nach dem anderen aus einem Hohlraum und steckte diese in ihre Box. Wenige Minuten später stand sie in der Wohnung vor ihr, nickte ihr zu, ging in die Küche, räumte den Tisch frei und verteilte auf ihm ihre Zettellawine. Sie las und staunte, dass aus diesem introvertierten, wortkargen Mädchen so viel Lebensweisheit hervorquoll. Es ließ sie in seine Seele schauen und an seinen Gedanken und Gefühlen teilhaben. Nun wusste sie endgültig, dass es Vertrauen zu ihr gefasst hatte.

Was sie zu lesen bekam, erinnerte sie an ihren Schulalltag und an die von ihr auf die Tafel geschriebenen Themenvorschläge für Besinnungsaufsätze, wie z.B.: „Was ist Glück?" „Kann man sich in Gefangenschaft trotzdem frei fühlen?" „Verletzt sich jemand auch selbst, wenn er anderen wehtut?" Hier bekam sie bruchstückhaft Antworten auf diese

Fragen. Die philosophischen Kurzbotschaften dieses jungen Mädchens zeigten ihr einerseits, wie sehr es sich nach Geborgenheit und Liebe sehnte und andererseits wurde seine Angst vor Nähe und den damit verbundenen erneuten Enttäuschungen deutlich. Sie wollte für das Mädchen da sein, es begleiten. Auch wenn es nicht mit ihr sprach, verstand sie es von Tag zu Tag besser. Woche um Woche verbrachten sie viele Stunden gemeinsam in der Küche. Alle mittlerweile eng beschriebenen Zettel sammelten sie in einer Schatulle.

Eines Abends klingelte Cherry Sturm bei ihr, warf ihr im Hausflur eine neue Ausgabe des Wochenblatts vor die Füße, drehte sich um und verschwand in der Dunkelheit.

Freier Fall

Wie jedes Jahr an ihrem Geburtstag fährt Mira an die Alster. Sie parkt in der Milchstraße, nahe der Musikhochschule. Ihr alter Rektor ist jetzt Vorsitzender im Aufsichtsrat. Sie klopft an der Tür und wartet, bis geöffnet wird. „Ach, du bist es." Ihr Erscheinen löst kein Erstaunen aus. „Komm nachher bei mir vorbei, ich habe ein kleines Geschenk für dich." Sie geht durch das Haus auf die Terrasse. Der breite Balkon wird getragen von den drei Säulen der Eingangshalle. Die Treppe führt direkt in den Park hinunter, der am Harvestehuder Weg endet. Von der Terrasse hat sie nicht nur einen Blick auf die Alster, sondern auch in das Nachbargrundstück hinein, dort wo am Ende noch einige der Gebäude stehen, die nach dem Krieg von den Engländern genutzt worden waren. Und mitten drin im Park ein alter Kirschbaum, der jetzt rot leuchtet, mit sichtbaren Lücken, das Werk der Stare, die im Morgengrauen die reifen Früchte ernten. Sie stellt einen Stuhl in Richtung Kirschbaum, legt die Tüte mit den Kirschen auf die breite Lehne und lässt sich tief in den breiten Chairman hineinsinken. Mira wundert sich, wie gut das wiederkehrende Ritual funktioniert. Es stellt sich ein, sobald sie den Baum erblickt und zur Verstärkung eine Kirsche in den Mund schiebt. Dann wird sie zum Kind, genau in dem Moment, indem sie den Kirschkern im weiten Bogen in den Park hineinspuckt.

Sie war neun, als Frau Meinert vom Jugendamt an die Tür klopfte. Zwei Männer begleiteten sie, die sich wie Schutzpatrone an ihre Seite stellten. Ohne ein Wort ließ der Vater Mira gehen. Und ohne einen Blick zurück nahm sie den kleinen Pappkoffer und sogar die ausgestreckte Hand der Frau, die sie nach Hamburg bringen sollte. Miras Tränen waren verbraucht, als die Männer mit den kreischenden

Sägen in den Garten gekommen waren. „Willst du dich nicht verabschieden?" Frau Meinert durchbrach die Stille. Sie zweifelte, wie das hier anständig zu Ende gebracht werden sollte. Mira schüttelte den Kopf. Nichts hielt sie an diesem Ort, seit der Kirschbaum abgeholzt wurde. Sie holte einen kleinen Zettel aus ihrer Jackentasche. „Mein Freund ist tot", stand da.

Die Fahrt nach Hamburg zog sich hin. Der graue VW hüstelte und brummte, wenn ein Schlagloch einen Gang zurück erforderte. Mira fühlte nichts. Keine Trauer, keine Furcht, keine Aufregung. Erst als sie über die Elbbrücken fuhren und rostige Kräne aus dem Elbwasser ragten, ging ihr Atem schneller. Sie schaute Frau Meinert an. „Ja, jetzt sind wir in Hamburg, gleich siehst du den Michel", erwiderte sie auf den fragenden Blick. Alles was Mira sah, waren zusammengefallene Häuser und Menschen in den Straßen, die trotz des warmen Wetters mehrere Sachen übereinander angezogen hatten. Sie schienen etwas zu suchen oder zu sammeln. Mira schüttelte den Kopf, wagte aber nicht, Frau Meinert anzusehen, weil sie keine fertige Antwort auf ihre ungereimten Fragen haben wollte.

Und dann passierte etwas Merkwürdiges. An einem Bahnhof bogen sie rechts ab und fuhren auf eine Straße, die an einem großen See entlangführte.

Auf der einen Seite das blaue Wasser und auf der anderen Seite große, schöne Häuser. Schöne, heile Häuser mitten in einem Park. „Das ist die Alster", sagte Frau Meinert. „Gleich sind wir da." In dem mächtigen Haus am Harvestehuder Weg wohnten und arbeiteten englische Soldaten. Es hatte einen großen Zaun zum Park. Im Park standen Holzhütten wie am Bindfaden aufgereiht und mitten drin ein Baum – ein riesiger alter Kirschbaum.

Das ist jetzt 55 Jahre her. Mira zieht sich das leichte Tuch etwas fester um die Schultern und blickt über die Alster. „Na ja, es ist etwas aufgeräumter", denkt sie, „und gegenüber auf der anderen Seite ragen Hochhäuser hinter den weißen Villen auf, doch so richtig hat sich hier nichts verändert." Sie lässt wieder eine Kirsche in den Mund rutschen und träumt sich weiter in das Ereignis ihrer Kindheit hinein. „Bald bekommen wir eine eigene Wohnung", der Mann schaute sie und Frau Meinert etwas verunsichert an. Mit Blick auf die offene Tür der Hütte fügte er hinzu; „Und dann hast du ein eigenes Zimmer." Seine Frau lächelte aus wunderschönen blauen Augen. Sie wollte das Mädchen in den Arm nehmen und traute sich dann doch nicht. Mira nahm, gnädig gestimmt, ihre Hand und zog sie hinaus zum Kirschbaum. Beide saßen im Gras und schauten auf die rote Pracht, die viel zu hoch hing, als dass sie erreichbar gewesen wäre. Mit beiden Händen hielt Inge ihren Bauch und lachte. „Dein Zimmer wirst du wohl bald teilen müssen, wenn du bei uns bleiben willst." In Gedanken schrieb Mira auf einen gelben Zettel: „Ja, sehr gerne."

Der Gärtner war es, der die Leiter am Kirschbaum stehen ließ. Er machte Mittagspause, als Mira aus der Schule kam. Wie sollte sie da widerstehen? Die Sprossen konnte sie leicht überwinden, sie reichten aber nicht ganz zu den ersten Ästen. Mit leichtem Schwung stieß sie sich von der letzten Stufe ab und erreichte den nächsten Ast, der sich so lange gegen die ungewohnte Last wehrte, bis er brach. Mit einer Schubkarre brachte Inge sie in die Krankenstation der englischen Besatzer, die von der Milchstraße aus zu erreichen war. Ohne darüber nachzudenken, nahm sie einen ganzen Satz Zettel vom Nachttisch ihres stummen kleinen Mädchens. *NEIN*, schrieb Mira, auf die Frage, ob sie Schmerzen hätte. *JAA*, gleich darauf, als der Arzt ihren Arm anfasste, und *TUT MIR LEID*, als sie mit dem eingegipsten linken Arm die aufgeregte Inge umarmte. Das Haus der Engländer verließen sie mit zwei Eintrittskarten für die Hamburger Musikhalle. „Sie spielen wieder", sagte der junge Soldat. „Gehen sie mit der Kleinen hin. Musik heilt alle Wunden." Von dem Moment hatte ihr Leben eine Wende genommen.

Alle Kirschen sind weggeträumt. Sie ist wieder angekommen im Leben und in der Realität. Schon die ganze Woche rückten Nachrichten sie gedanklich nahe an die Ereignisse, die tief im Speicher ihrer Erinnerungen lagen. In Hamburg werden wieder Flüchtlingsheime gebaut. Menschen aus Kriegsgebieten stehen vor der Tür und hoffen darauf, dass auch ihr Leben eine Wende nimmt. In der Morgenpost sah sie den Bauplan für Wohneinheiten im Park an der Alster. Der Kirschbaum sollte verschwinden.

Auf dem Rückweg zum Büro geht sie an der Tafel bekannter Absolventen der Musikhochschule vorbei. Auch ihr Name ist darauf zu finden. Herrmann hat sie schon erwartet. „The same procedure ...?" Er nimmt sie erwartungsvoll in die Arme. „Hast du mir wieder etwas mitgebracht?" Mira greift in die Tasche. Hundert kleine Zettel mit Noten rieseln auf den Konferenztisch in der Mitte des Zimmers. Jede Instrumentengruppe hat eine eigene Farbe. Am Ende legt sie einen Notensatz für die kleine Trommel auf den Stapel und mit fester Stimme sagt sie: „Mein Freund der Baum ist tot. Er hat mich gerettet in höchster Not."

Kirschenprinzessin

Mira setzte sich mit einem Ruck auf. Wo war sie? Allmählich registrierte sie wieder das großstädtische Grundrauschen im Hintergrund. Sie saß auf einer Bank an der Außenalster. Der strahlende Frühsommersonntag hatte Spaziergänger, Jogger, Menschen mit Hunden und Radfahrer nach draußen gelockt. Die Alster glitzerte als flirrendes Lichtband vor ihren Augen. Sie ertappte sich zu oft beim Tagträumen in der letzten Zeit. „Du wirst langsam wunderlich", schalt sie sich selbst. „Such dir jemanden aus, den du eine Weile beobachtest, damit du ganz im Hier und Jetzt ankommst. Verlier' dich nicht gleich wieder in der Vergangenheit. Irgendwann gehst du sonst dort noch endgültig verschütt." Sie schüttelte energisch den Kopf. Das wollte sie nicht, dafür war sie mit 65 Jahren nun doch noch zu jung.

Nur ein paar Meter entfernt, auf dem Weg am Wasser, sah sie ein kleines Mädchen, etwa drei Jahre alt. Es ging mit seinem Opa spazieren, der mit der linken Hand einen Buggy schob. Mit der rechten hielt er dem Kind eine Tüte hin, in die es freudig hineingriff – Kirschen, stellte Mira fest. Großvater, Kirschen, ein kleines Mädchen, um das er sich liebevoll kümmert, Mira wurde fast schwindelig. So ging es also auch. Sie atmete mehrmals tief ein und

aus und befahl den Tränen energisch, nicht zu flie-
ßen. Sie schaute weiter dem Opa und dem kleinen
Mädchen zu und lächelte versonnen. Mit Herz und
Sinn war sie ganz bei der kleinen Kirschenprinzessin. Die pickte sich drei Früchte aus der Tüte, drehte
sich um und lief wie an einer Schnur gezogen zu der
Bank, auf der Mira saß. „Da, Kirschen. Für dich!",
sagte sie und streckte Mira die prallen roten Kugeln
hin. Dann kletterte sie entschlossen auf die Bank
und rutschte zu Mira heran. Die steckte sich eine
Kirsche in den Mund und spuckte den Kern in ge-
übtem Bogen in die Wiese. Die Kirschenprinzessin
lachte: „Noch maaal!"

Inzwischen war auch der Großvater zur Bank gekommen. „Sie gestatten?", fragte er, bevor er auf
Miras anderer Seite auf der Bank Platz nahm.
„Meine kleine Kirschenprinzessin" – er nannte das
Mädchen also tatsächlich auch so – „weiß immer
ganz genau, wenn sie jemanden mag. So schnell wie
zu Ihnen eben habe ich sie aber noch zu niemandem
laufen sehen." Mira spuckte den nächsten Kirschkern in die Wiese und nickte. Dann legte sie den
Arm um das Kind und lächelte es an. Die Kleine
strahlte zurück. Eine Weile beobachteten die Drei
still das Treiben auf dem Wasser. Der alte Herr
sagte irgendwann mit leiser Stimme: „Wissen Sie,
meine Frau hat noch erfahren, dass unsere Tochter

schwanger geworden war. Aber die Geburt der Enkelin hat sie nicht mehr erlebt." Er räusperte sich entschlossen. Mira nickte. Sie legte kurz ihre Hand auf den Arm ihres Nachbarn. Er sollte wissen, sie hatte ihm zugehört. „Opa, Tränen fangen!", sagte da eine energische Stimme neben ihr. Und wirklich, etwas umständlich nestelte er ein blütenweißes Taschentuch aus seiner Jackentasche und tupfte damit die Tränen von Miras Wangen.

„Entenkinder gucken!", forderte die Kirschenprinzessin und rutschte von der Bank herunter. „Begleiten Sie uns ein Stück?" Mira nickte und stand ebenfalls auf.

Kirschkernkissen

Am Abend vor dem Fernseher merkte sie, dass sie sich überhaupt nicht auf die Talk-Show konzentrieren konnte. Immer wieder musste sie an die nachmittägliche Begegnung mit dem Opa und seiner Enkelin an der Alster denken. Diesmal wurde sie nicht trübsinnig wie sonst, wenn sie zurück an ihre traumatischen Kindheitserlebnisse dachte und diese nicht in Worte fassen konnte. Heute war es anders, belebend, leicht.

Irritiert griff sie zum Tagebuch und schrieb nach langer Zeit mal wieder ein Gedicht. Sie öffnete den verstaubten Klavierdeckel, klimperte fröhlich auf den Tasten herum, und dazu sang sie ihre lyrischen Zeilen. Ihr Herz raste und Freudentränen liefen über ihre Wangen. Wann hatte sie jemals ihre Gefühle laut ausgedrückt? Bisher konnte sie diese nur aufschreiben und jetzt bekamen sie sogar eine Gesangsstimme. Mira wurde übermütig. Sie trällerte ihre Verse immer lauter und hämmerte dabei heftig auf die Tastatur. Plötzlich hielt sie inne, nahm ihren rasenden Puls wahr, spürte Schweißperlen zwischen ihren Brüsten und gebetsmühlenartig wiederholte sie den Satz: „So fühlt sich Glück an."

Ihre Freundinnen schauten sich durchaus im Netz die Partnerangebote bei ‚Parship' oder ‚Tinder' an. Dafür fühlte Mira sich längst zu alt und außerdem fehlte ihr auch der Mut, in diesem Medium Persönliches zu offenbaren. Wie sollte sie sich auch beschreiben? „Ich spiele gerne Klavier und singe dazu, schreibe Gedichte und genieße die Stille in der Natur. Wenn Du auch die leisen Töne magst, trau Dich, mich zu kontaktieren!" Die Vorstellung, dass tatsächlich jemand an ihr Interesse haben sollte, ließ sie fast panisch werden. Sie könnte doch nicht mit einem Zettelkasten beim ersten Date erscheinen, weil sie vor lauter Aufregung kein Wort hervorbringen würde. Nein, das kam überhaupt nicht für sie infrage.

Das, was sie für den nächsten Tag plante, erschien ihr bereits sehr wagemutig. Sie wollte morgens auf dem Markt Kirschen kaufen und diese wie am Vortag am selben Ort zur gleichen Zeit verzehren in der Hoffnung, dass wieder Kinderhände beherzt in ihre Obstdose greifen würden.

Schon von Weitem sah sie sie auf die Parkbank zulaufen mit ihrem auf und ab wippenden Pferdeschwanz, ihren Opa im Schlepptau. Kaum saß sie neben ihr, probierte sie die süßen Früchte und spuckte die Kerne im hohen Bogen aus. Dabei plapperte sie unentwegt: „Weißt du was? Ich hab morgen Geburtstag. Rate mal, wie alt ich werde! Ich kann dich nicht einladen. Ich weiß ja gar nicht, wie du heißt. Können wir zusammen hier nachfeiern? Kommst du dann wieder?" Mira stieß sofort ein kräftiges „Ja, abgemacht" hervor.

Eigentlich wollte Mira für dieses Treffen nur einen Kirschkuchen backen. Doch dann hatte sie die Idee, auch die Kerne zu nutzen und sie bei niedriger Temperatur im Ofen trocknen zu lassen. In der Zwischenzeit holte sie vom Dachboden ihre uralte Nähmaschine herunter und suchte in einer Kommode nach farbigen Stoffresten. Um Mitternacht war nicht nur der Geburtstagskuchen, sondern auch ein kuscheliges Nackenhörnchen aus rotem Plüschstoff fertig. Am liebsten hätte sie auch für sich selbst so einen Seelentröster genäht.

Als sie am übernächsten Tag ihr Kirschkernkissen der kleinen Prinzessin überreichte, schlang die ihre Ärmchen um Mira und rief entzückt aus: „Kannst du so eins auch für Opa nähen? Bitte, bitte!"

An diesem Abend schrieb Mira auf einen roten Zettel:

Kirschen essen
Nicht vergessen!
Ich nähe dir ein Kirschkernkissen
Und hoffe, du wirst mich stets vermissen!

Auf der Achterbahn

Rote Rosen

Welcher Knopf war es nur? Der grüne sicher. Aufmachen ist doch immer grün. Mit Rot schließt man. Aber halt – gestern hatte sie eine neue Fernbedienung für das Hoftor bekommen. Ob die wirklich genauso funktioniert? Entschlossen drückt sie auf Grün – nichts. Dann auf Rot – immer noch nichts. Sie hupt. Er muss doch gehört haben, dass sie vor dem Tor steht. Warum macht er denn nicht auf? Vermutlich ist er immer noch verärgert. Wie lange kann ein Mann denn schmollen? Länger als eine Frau offenbar. Es ist so heiß in diesem Auto! Die Klimaanlage liegt auch in den letzten Zügen. Hektisch drückt sie all die anderen kleinen Knöpfe, die sich auf dem streichholzschachtelgroßen Bedienfeld drängen. Der ganze Kofferraum ist voller Lebensmittel und es sind 35 Grad im Schatten. Wenn das nicht bald in den Kühlschrank kommt, war die ganze Aufregung heute Morgen für die Katz – vom Geld gar nicht zu reden. Da! Das Tor schwingt auf, endlich. Keine Ahnung, welcher Knopf es denn nun gewesen ist – aber egal. Schnell hinein, bevor das automatische Tor wieder schließt. Entschlossen legt sie den Gang ein, schaut über die Schulter, ob auch niemand dort steht, der sich hinter ihrem Auto hineinschleichen könnte und fährt wie gewohnt in dieser unnatürlich verrenkten Haltung auf den Hof. Geschafft. Und sie ist es auch. Was für ein Morgen!

Jetzt muss noch alles hochgeschleppt werden. Warum hatten sie nochmal ein Haus am Hang gekauft? Wegen der Aussicht? Wie oft wird sie heute wohl die Treppen hochgehen müssen, bis alles oben ist? Ob sie ihn noch mal rufen soll? Der Schweiß läuft ihr jetzt schon in die Augen und dabei hat sie noch nicht mal angefangen mit dem Auspacken. Mit dem Unterarm wischt sie sich übers Gesicht und stutzt: Da ist etwas Rotes! Und da auch. Eine Spur roter Punkte zieht sich die Treppenstufen hinauf. Schnell reißt sie die Autotür auf und rennt zum Fuß der Treppe. Blut, denkt sie. Das muss Blut sein. Ob er verletzt ist? Angeschossen? Oder Schlimmeres! Doch es ist kein Blut. Der warme Wind weht ihr rotes Konfetti entgegen. Es sind Rosenblätter. Rote Rosenblätter. Auf der steilen Treppe zu ihrem Vorstadthaus liegt eine Spur von zarten roten Blütenblättern, die bis hinauf ins Haus führt. Sie blickt sich um und sucht den Hof ab. Warum, könnte sie nicht sagen. Will sie schauen, ob dort jemand steht, der sie beobachtet? Wer sollte das sein? Vielleicht steckt Angst in ihr. Erst das Tor, dann die ‚Blutflecken', die keine sind. Sie atmet tief durch und geht langsam die Stufen hinauf.

Oben führt die Spur aus Rosenblättern auf die Terrasse. Dort wird sie dünner, zittriger, als sei der Fluss des Streuens unterbrochen worden, vielleicht ist jemand hin und her gegangen – oder gestört worden. Doch die Spur führt weiter ins Haus. Aber die Eingangstür ist zu. Warum ist die Tür zu? Wo ist er denn?

Sie folgt den Rosenblättern durch das Wohnzimmer zum Esstisch. Dort steht ein kleines, liebevolles Arrangement: zwei Sektgläser und eine Flasche. Auf dem Tisch ein paar Tropfen. Wasser? Die Flasche ist leer. In der leeren Flasche stecken zwei prachtvolle rote Rosen, die dem Schicksal ihrer Schwestern entkommen sind. Außerdem ein kleines, gebasteltes Schild mit ‚Happy Valentine!'. Sie schluckt. Er ist doch einfach süß, wenn er will. Vermutlich ist das seine Art ihr zu sagen, wie leid es ihm tut, dass er heute Morgen so einen Aufstand gemacht hat. Oder – ob er den Aufstand nur gemacht hat, damit sie allein zum Einkaufen fährt? Egal, sie wird ihm verzeihen. Aber wo ist er nur? Diese ganze Inszenierung schreit doch danach, dass er hinter der Tür hervorspringt und „Überraschung" ruft. Mit einer vollen Sektflasche in der Hand. Also? Wo bleibt er? Leise ruft sie ihn. Das müsste er doch hören. Warum sie leise ruft, kann sie selbst nicht erklären, aber das unheimliche Gefühl hat sie nicht verlassen. In der Küche ist er nicht und ein kurzer Blick durch das Küchenfenster zeigt ihr auch im Garten kein Lebenszeichen. Er ist nicht im Arbeitszimmer und nicht im Zimmer der Kinder. Vielleicht ist er im Schlafzimmer, denkt sie. Wer weiß, wie weit diese Überraschung noch geht – ihm ist alles zuzutrauen.

Okay, sie wird mitspielen. Die letzten Meter zum Elternschlaftrakt schleicht sie jetzt. Behutsam setzt sie Schritt für Schritt, damit die Dielen vor der Schlafzimmertür nicht knarren und sie verraten. Leise drückt sie die Türklinke herunter und öffnet die Tür – da! Hier liegen wieder Rosenblätter – allerdings keine Spur mehr, nur ein paar versprengte Blättchen, die sie wieder an dicke Blutstropfen erinnern.

Nur noch drei kleine Schritte und dann kann sie um die Ecke schauen auf das Bett.

„Oh, mein Gott!" Ihr wird eiskalt.

Found and lost

Sie steht einen Moment lang da und versucht, zu begreifen, was sie sieht. Nein, das kann nicht sein. Die Hitze. Das muss eine Halluzination sein. Sie tritt einen Schritt zurück. Vielleicht sollte sie etwas trinken. Dann schaut sie erneut um die Ecke und sieht: nichts. Das Schlafzimmer ist praktisch leer. Das Hauptmöbelstück, das Bett, ist weg. Auch das Bettzeug und die Nachtschränkchen und das große Bild an der Wand. Der Einbauschrank ist noch da, registriert sie aus den Augenwinkeln. Die Ironie dieses Gedankens wird ihr nicht bewusst. Sie ist geschockt. Wie kann das sein? Da! Ein Zettel liegt mitten im Raum auf dem Boden. Ein Brief? Sie hebt ihn mit zitternden Händen auf und faltet das Blatt auseinander. „Es tut mir leid. Robert", steht darauf. Mehr nicht? „Es tut mir leid. Ist das alles?" Sie ist verwirrt. Wut steigt in ihr auf. Das kann doch nicht wahr sein! Ihr wird übel.

Die Tür zum Balkon steht weit offen. Sie geht hinaus und schaut hinunter. Breite, grobe Reifenspuren sind auf dem trockenen Sandweg hinter dem Haus zu erkennen und in dem frisch angelegten Beet liegen ihre Geranien wie zertrampelt. „Tut ihm das auch leid?" Sie geht wieder hinein und öffnet hektisch die Schranktüren. Seine Sachen sind weg. Nur eine Krawatte hängt noch an der Stange. Es ist die, die er von ihr zu Weihnachten bekommen hat. Die mit den Kätzchenmotiven. Er mag sie nicht. Deutlicher hätte er das nicht zeigen können. Wenigstens aus Anstand hätte er sie mitnehmen können! Jetzt ganz ruhig bleiben und nochmal von vorn, beschwört sie sich. Sie atmet tief durch, so wie sie es beim Yoga gelernt hat. Sie haben sich heute Morgen gestritten. Mal wieder. Aber davor lange nicht mehr. Doch wenn sie ehrlich ist, lief es schon einige Zeit nicht rund.

Neue Schweißperlen bilden sich auf ihrer Stirn und laufen langsam in Rinnsalen an ihren Schläfen hinunter. Sie wischt sie energisch weg. Kann es sein, dass er sie verlassen hat? Einfach so und ohne Vorwarnung? Dass er die Frechheit besessen hat, einen Streit vom Zaun zu brechen, damit sie allein zum Einkaufen fährt und er sich in der Zeit, in der sie weg ist, aus dem Staub machen kann? Mit all den Möbeln? Das müsste er von langer Hand geplant haben. So einfach kann man hier nämlich nicht mit großen Autos vorfahren. Was für ein abgebrühter Feigling! So etwas hätte sie ihm gar nicht zugetraut. Empörung steigt ihn ihr auf und paart sich mit ihrer Wut. „Dieser …", ihr fehlen die Worte, „Schuft", platzt es aus ihr heraus.

Aber was sollte das mit den Rosenblättern? Sie steht auf und geht die Spur entlang zurück bis zur Haustür. Er hat eine andere! Ja, das muss es sein. Er hat der anderen bestimmt sofort Bescheid gegeben, als sie weg war. Dann ist diejenige hergekommen und hat Rosenblätter verteilt. Für ihn, heute ist Valentinstag, der 14. Februar. Das wäre ja eine bodenlose Unverschämtheit! Dies ist ihr Haus und ihr Mann! Sie geht zurück in die Küche und trinkt ein Glas Wasser. Ihre Gedanken drehen sich im Kreis. Sie sieht den Korb mit den Einkäufen, den sie auf die Anrichte gestellt hat. Es tropft aus ihm heraus, rot. Es sieht aus wie die Rosenblätter oder Blutstropfen. Aber es ist Himbeersaft. Sie hatte auf dem Markt frische Himbeeren gefunden, und die haben der Hitze und der Enge des Einkaufskorbes nicht Stand gehalten. Sie starrt auf die mit jedem Tropfen größer werdende Saftlache am Boden. Heute ist Valentinstag. Sie wollte einen leckeren, besonderen Nachtisch zaubern. Für ihn. Die Kinder würden nächste Woche aus den Ferien zurückkommen. Sie wollten das Procedere besprechen. Ruckartig dreht sie sich um und läuft die Treppe hinauf ins Bad. Tatsächlich, auch hier fehlen seine Sachen. Sogar die ausgefranste Zahnbürste hat er mitgenommen. Er scheint es ernst zu meinen. Beim Hinausgehen registriert sie eine Männerunterhose unterhalb des Waschbeckens. Es ist ein Stringtanga mit Leomuster. Sie stutzt kurz, denn so etwas hat sie bei ihm noch nie gesehen. Dann geht sie ins Schlafzimmer zurück. Sie steht einen Moment einfach nur da und schaut sich um. Wo soll sie denn jetzt schlafen? Nein, so geht das nicht. Sie mobilisiert all ihre Kräfte. Das lässt sie sich nicht bieten. So kommt er ihr nicht davon. Sie sucht ihr Handy. Sie wird ihn anrufen und zur Rede stellen. Sie wird ihn anschreien. Sie wird toben. Nein, vielleicht sollte sie das nicht tun, vielleicht wäre es besser, so zu tun, als hätte sie noch gar nicht bemerkt, dass die Sachen weg sind. Sie könnte sich von den beiden Rosen in der Vase entzückt zeigen und fragen, wo er denn sei. Wo ist bloß das verdammte Handy!? Wahrscheinlich ist es noch im Auto. Bestimmt hat sie es dort liegen lassen, als sie mit der neuen Fernbedienung für das Tor hantierte. Als sie beim Auto ist, bemerkt sie, dass sich das Hoftor nicht richtig geschlossen hat. Es steht einen großen Spalt offen. Blödes Ding! Wahrscheinlich klemmt es mal wieder. Die Fernbedienung liegt griffbereit neben dem Handy auf dem Fahrersitz und sie drückt wieder wahllos auf alle Tasten. Nichts rührt sich. Sie schnappt sich das Handy und wählt mit zittrigen Fingern seine Nummer. Verdammt – vertippt. Sie hat diese Touchscreen-Oberflächen schon immer gehasst – also nochmal. Eine Windbö wirbelt ein paar rote Rosenblätter von der Terrasse auf den Parkplatz. Endlich hört sie ein Freizeichen.

Das Echo

Leonie starrt aus dem Fenster. Es regnet. Wie an Bindfäden sinken dicke Regentropfen vom Himmel in den Hudson-River. Ihre Enkel haben angerufen. Sie vergessen nie den Valentinstag, aber sie konnte die Rufe nicht annehmen, wie sollte sie ihre Sehnsucht verbergen? Der Anrufbeantworter speichert die geliebten Stimmen für den Tag danach. Leon ist 18, kurz vor dem Abitur. Mit dem ersten Gedanken am Morgen schickt sie ihm liebevolle Gedanken, damit sie ihn stärken, wenn sie bei ihm ankommen. Lena macht jetzt ihren Master in Medical Engineering. Das hört sich so international an, und hatte ihre Hoffnung beflügelt, Lena würde hier bei ihr, an der Columbia Universität, in Manhattan studieren.

Mit ihren Kindern gab es seit Jahren keinen Kontakt. Sie haben ihr die Trennung nie verziehen. „Du hast unsere Familie zerstört. Du hast ihn gezwungen, die besten Jahre seines Lebens in Lüge zu leben. Du hast ihn ruiniert." Sie sieht das schmerzverzerrte Gesicht ihrer Jüngsten vor sich, sie war gerade 14, als sie so bitter mit ihr abrechnete. Und noch heute sieht sie die tieftraurigen dunklen Augen der 16-jährigen, die schweigend den Ausbruch ihrer Schwester ertrug.

34 Jahre ist es her. Sie trafen sich beim Notar. Eine Woche vor dem Scheidungstermin. Er wollte unbedingt das Haus am Hang haben. „Für die Kinder, damit sie ihr Zuhause behalten", sagte er. Dort zog er dann mit Christian ein. Die Kinder waren

vernarrt in ihn und sie konnte es nicht leugnen, er wurde zum Anker für die heranwachsenden Mädchen. Ein liebevoller Mentor. Unaufdringlich, klug und interessiert an allem, was sie umtrieb. Das Verhältnis der Mädchen zu den Eltern blieb belastet. Sie trauten sich nicht, offensiv mit ihnen im Kontakt zu sein. Immer in Angst, den einen oder die andere zu verletzen. Nach der Scheidung lebten sie noch drei Jahre bei ihr in der Stadtwohnung – wegen der Schule. Mit dem Abschlusszeugnis in der Hand zogen sie aus. Ins Studium nach Hamburg und in die Ausbildung nach Verona. Wenn sie in den Ferien nach Hause kamen, wohnten sie am Hang. Das konnte sie schwer ertragen. Mit ihrer Flucht nach Manhattan riss die Verbindung gänzlich.

Die Brücke in die Heimat bauten ihre Enkelkinder. Lena und Leon liebten es, mit ihrer Großmutter die Sommerferien zu verbringen. Besonders die Nächte im Riverside-Park, wenn die Augusthitze die Menschen aus den Häusern trieb.

Wenn nur nicht jedes Jahr am Valentinstag die Anrufe der Enkel kämen! Sie machen es ihr unmöglich, die Erinnerung zu verdrängen. Jedes verdammte Jahr läuft derselbe Film vor ihren Augen ab, als wäre es heute: Sie steht mit dem Auto vor dem Tor, das den Weg nach oben zum Haus öffnen soll. Einer der Knöpfe an der Fernbedienung hat die

Schließautomatik ausgelöst, und das war's. Nichts bewegt sich. Sie kommt nicht mehr rein in das halbleere Haus, aus dem ihr Mann gerade ausgezogen, oder besser gesagt, geflüchtet ist. Mehr aus Gewohnheit denn aus logischer Konsequenz, wählt sie seine Nummer, damit er ihr dieses Problem löst.

„Hallo, hier ist Christian." Eine warme, weiche Stimme am anderen Ende nimmt ihr den Atem. „Hallo, wer ist denn da, kann ich weiterhelfen oder Robert etwas ausrichten?" Ohne Ungeduld kommt die freundliche Nachfrage und der sanfte Ton legt sich wie eine in Jod getunkte Watte über ihre frischen Wunden. Sie drückt ganz sacht auf den roten Hörer der Tastatur. So als wollte sie keinen Laut verursachen keine verräterische Bewegung.

„Christian also", sie merkt nicht, wie sie mit sich selbst redet. „Christian ist der Stringtanga, der Rosenblätter streut." Nur kurz beißt sie die Zähne zusammen, dann richtet sie sich kerzengerade auf und fährt mit Schwung gegen das Tor, das sich danach willenlos öffnet. „Dafür wird er zahlen." Das war damals ihr erster Gedanke. Heute weiß sie, nicht Geld entscheidet darüber, ob man zum Gewinner oder zur Verliererin wird.

Sie wusste es damals doch längst. Robert war nur mit halbem Herzen bei ihr. Er machte ihr das Leben leicht, sie fühlte sich verwöhnt und wertgeschätzt, aber er selbst? Er blieb immer etwas unglücklich. Seine Melancholie bereitete ihr Schuldgefühle. Sie spürte etwas Unerfülltes, unheimlich Sehnsuchtsvolles. Ihr Misstrauen wuchs. Sie spionierte in seinem Handy und in seinen Taschen. Wurde zickig, rücksichtslos und fordernd. Sie wollte erzwingen, was nicht zu haben war. Dabei war sie sich seiner sicher. Und doch hatte sie eine Wandlung gespürt, wenn Männer in seine Nähe kamen. Seine Körperhaltung veränderte sich. Sie sah etwas, für das sie keine Worte hatte. Etwas, was sie so vermisste. So eine unbestimmte Vertrautheit, die sie von ihm nicht kannte. Ja, sie hatte es längst geahnt. Ihre Gereiztheit breitete sich wie Gift im ganzen Haus aus und machte allen das Leben zur Hölle.

Die Scheidung war für sie die logische Konsequenz. Als die Kinder aus den Ferien zurückkamen, hatte sie bereits eine Wohnung in der Stadt bezogen. Dann wurde es schmutzig. Sie konnte alles von ihm verlangen. Die lange Zeit der Geheimnisse hatte ihn fast in seinen Schuldgefühlen ertrinken lassen. Er war ihr ausgeliefert und am Ende ruiniert. Mit knapper Not konnte er das Haus am Hang retten. „Das bin ich meinen Kindern schuldig", hatte er damals gesagt und zog dann mit Christian dort ein.

Leonie starrt in den Regen. „Ich freue mich auf den Sommer", laut in die Stille rufend bekräftigt sie ihre Gedanken. Die Freude bleibt als Wort im Kopf hängen, aber sie spürt sie nicht, nirgendwo. Sehnsuchtstränen laufen über ihr Gesicht. Sie wählt die Handynummer ihres Enkels, der gerade im Haus am Hang ist. Nur ein Klingelzeichen und dann hört sie eine warme weiche Stimme, „Leonie, hier ist Christian. Bitte leg nicht auf, lass uns miteinander reden."

Happy Valentine

Die automatische Tür vor der Intensivstation öffnet sich mit einem leisen hydraulischen Stöhnen, allerdings nur einen schmalen Spalt weit, bevor sie sich seufzend wieder schließt. Noch einmal drückt er auf das Bedienfeld neben der Tür, versucht, die Gummitasten einzeln und genau in der Mitte zu treffen. So, wie man es ihm am Empfang erklärt hat. Es gibt schon lange kein Personal mehr, das ihn begleiten würde. Sie sind froh, dass er kommt und sich zu ihr setzen wird. Niemand anderes hätte Zeit dafür, niemand die Energie. Fünfmal setzt die Tür zum Öffnen an und schließt sich, bevor er hindurch schlüpfen kann, fünfmal hat er sich schon bereitgemacht, nach der Tasche mit den Blumen gegriffen und sie wieder abgesetzt, doch nun ist es ihm endlich gelungen, mit seinen behandschuhten Fingern die Kombination richtig einzugeben. Oder die Götter haben ein Einsehen, denkt er. Sie haben mich wahrlich genug gequält. Wie es ihr wohl heute geht? Wenn sie nicht bald aufwacht ...

Er biegt um die Ecke und sieht als erstes den riesigen Strauß roter Rosen, der neben ihrem Bett steht. Voll erblühte Baccara-Rosen mit samtigen dunkelroten Blättern, die fast wollüstig aussehen in ihrer Üppigkeit. Wer hat die denn am Empfang vorbeischmuggeln können, und wie lange stehen sie wohl schon hier? In der Hitze der Krankenstation haben sich die Blüten weit geöffnet, einige haben schon Blätter verloren, eine Spur wie von Blutstropfen zieht sich vom Waschbecken in der Ecke zum Bett. Wie armselig sein kleiner Wiesenblumenstrauß dagegen ist, denkt er und stellt die Tasche achtlos in die Ecke. Vorsichtig setzt er sich aufs Bett und streicht ihr sanft über die Stirn. Sie ist heiß. Noch immer glüht sie im Fieber, in diesem Fieber, dessen Ursache sie nicht kennen und für das sie einfach kein Heilmittel finden. Und sie suchen auch nicht mehr, da ist er sich sicher. Wer alt ist, der soll einschlafen, soll Platz machen für die jungen Kranken. Wenn es sein muss, dann soll man eben am Fieber sterben. Niemand gibt es zu, aber er ist sicher, dass das viele hier denken. Er geht zum Waschbecken, benetzt einen Waschlappen mit kaltem Wasser und beginnt vorsichtig, ihr den Schweiß abzuwischen, der in langen feuchten Bahnen an ihr herunterläuft – vom Gesicht ziehen sich die glänzenden Spuren über ihren Hals, das Dekolletee bis zwischen ihre eingefallenen Brüste. Und wie immer beginnt sie zu murmeln, wenn er das tut. Sie wirft ihren Kopf hin und her, und aus ihrem Mund, dessen aufgesprungene Lippen niemand außer ihm mehr an ihre einstige Schönheit erinnern, dringen leise Wortfetzen. Heiß, meint er zu hören und fragt sich, ob sie doch noch da ist, ob sie alles wahrnimmt, was um sie herum vorgeht. Niemand glaubt das außer ihm. L, l, l. Was will sie ihm nur sagen, welches Wort will so gar nicht mehr den Weg über ihre Lippen finden? Leben? Lena, Leon oder vielleicht auch einfach „lasst mich!"? Versucht sie, ihm etwas zu sagen, oder ist sie gefangen in einem dieser Fieberträume, in denen sie sich verzweifelt hin und her wirft, versucht mit zittrigen Händen irgendetwas zu drücken, und dabei versucht, sich das schweißnasse Nachthemd herunterzureißen? Vielleicht sollten wir dich gehen lassen, murmelt er zurück, aber ich kann nicht. Er haucht einen Kuss auf ihre Stirn. „Happy Valentine, Leonie!"

Wie ein Vogel im Wind

Wie ein Vogel im Wind

Ein Blick auf die Uhr, er würde es noch schaffen. Dann startete er den Motor, bewegte das Steuerruder, die Nase des kleinen Motorfliegers wendete sich dem Himmel zu. Ein breites Strahlen glitt über sein Gesicht. Das Metall des Flugzeugs glänzte im Licht der aufgehenden Sonne mit seinem Blick um die Wette. Unter ihm erlosch das Licht der Straßenlaternen, die Sonnenstrahlen übernahmen die Regentschaft. Das Scheppern der Mülleimer, das Aufheulen der Motoren, das Stimmengewirr der Kinder auf dem Weg zur Schule waren für ihn nicht mehr zu hören, nur das gleichbleibende Surren und Brummen seines Fliegers.

Er fühlte sich jetzt wie ein Vogel, der auf den Winden tanzt, frei und unabhängig. Wie gut, dass er heute Morgen beim Abschied rasch weggekommen war. Geweint hatte sie – wie immer – wenn er wegmusste. Es waren schwer auszuhaltende Momente, am liebsten hätte er sie abgeschüttelt wie ein lästiges Insekt, sie hing ziemlich lange an seinem Hals, Tränen bedeckten seine Brust. Geduldig ertrug er es. Viel Schlaf hatte er nicht bekommen, sich mit ihr wie im Tanz umschlungen, die Feuchtigkeit ihrer Lust wie Manna genossen, die spitzen Brüste sanft massiert, der Tanz wurde immer wilder, ihre Körper glänzten von der Nässe des Schweißes. Die

Ekstase genossen sie, bis sich der Springbrunnen der Liebe über sie beide ergoss.

Entspannt flog er eine weite Kurve, seine Gedanken kreisten um das Wort Liebe. „Ich habe wohl noch nie geliebt", redete er laut vor sich hin. „Um eine Frau geweint auch noch nicht."

Er näherte sich seinem Zielflugplatz Hamburg, langsam sank er in weiten Schleifen auf die Landebahn zu, die Räder fuhren aus den Klappen, er rollte aus und steuerte den Flieger auf den vorgegebenen Platz. Angekommen dehnte er seinen langen, schlanken Körper, eilte durch die Tür zur Kontrolle. Die Formalitäten waren rasch erledigt. Er suchte noch die sanitären Einrichtungen auf und hielt inne. Betrachtete sich einen Augenblick im Spiegel. Die blonden Haare waren voll und wellig, in Stufen geschnitten, sie umrandeten sein schmales Gesicht mit der geraden Nase, strahlenden, blauen Augen und den vollen nach oben geschwungenen Lippen. Er grinste sich spitzbübisch an: „Du siehst nicht nur verdammt gut aus, Jan", dachte er, „du bist auch schon ein raffiniertes Kerlchen, das nichts anbrennen lässt." Jetzt musste er aber schleunigst weiter, um 9:00 Uhr begann seine Konferenz im Büro. Bevor er sich ein Taxi nahm, rief er noch schnell seine Frau an. „Bin gut gelandet, Liebling, die

Geschäftsbesprechung in Leipzig ging – wie befürchtet – gestern doch noch sehr lang."

„Schön, dass du heil wieder angekommen bist", antwortete sie. „Freu mich auf dich." Zufrieden mit sich und der Welt stieg er ins Taxi.

Das Taxi fuhr durch die Hamburger Rush Hour, beziehungsweise stoppte es mehr, als dass es fuhr. „Merde", schimpfte der marrokanische Taxifahrer, „es gibt wohl keine Straße mehr ohne Baustellen." Sie fuhren an der Alster vorbei, die ersten Segler und Ruderer waren schon auf dem Wasser, ein weißer Alsterdampfer tutete. Um die Alster herum schwitzten schon die Jogger. Jan freute sich immer wieder über den Anblick dieses Flusses, der hier mitten in der Stadt zu zwei Seen gestaut war, umgeben von großzügigen Parks und luxuriösen weißen Prachtvillen an der Außenalster und an der Binnenalster von stattlichen Geschäfts- und Kontorhäusern. Das Sammelsurium von modernen Geschäfts- und Wohnhäusern in der Hafencity war für Jan nach wie vor gewöhnungsbedürftig. Außer, dass sie alle ungefähr gleich hoch waren, wirkten sie wie zusammengewürfelt, eine Spielwiese der Architekten. Ihm wäre ein einheitlicher Baustil lieber gewesen.

Er schwang sich aus dem Taxi und ging schnellen Schrittes zur gläsernen Eingangstür. Der

Pförtner öffnete. Er drückte auf die 9 im Fahrstuhl. „Der Chef residiert immer oben", murmelte er grinsend vor sich hin. „Guten Morgen, Herr Vogler", begrüßte ihn seine Sekretärin. „Der Kaffee und das Brötchen warten schon auf Sie. Die Unterschriftenmappe liegt auf Ihrem Schreibtisch." Er betrachtete sie in ihrem dezenten Kostüm, dunkelblau war es, die Knie bedeckt, die Bluse mit Stehkragen strahlte im hellen Weiß. Ihr blondes Haar war raffiniert hochgesteckt, an den Ohren schimmerten Perlen. Gekonnt lief sie mit wogendem Schritt auf ihren hochhackigen, spitzen Schuhen durch das Büro. Er betrat seine Arbeitsräume, stand erst einmal am Fenster und betrachtete das Leben im Hafen. Der Anblick war jeden Morgen ein Highlight für ihn: Containerschiffe, Elbfähren, Ausflugsdampfer, riesige rote Kräne auf der gegenüberliegenden Elbseite. Er roch förmlich das Wasser, hörte das Tuten der Schiffe. Über allem thronten die Elbphilharmonie und der grüne runde Turm des Michels. An den Landungsbrücken wimmelte es schon von Menschen.

Seine Sekretärin steckte den Kopf durch die Tür. „Eine Frau aus Leipzig hat heute Morgen schon mehrfach angerufen. Es sei sehr dringend, dass sie zurückrufen. Sie meinte, ihre Telefonnummer haben sie." Jan blickte kurz auf und nickte. Als sich die Tür schloss, griff er zum Telefonhörer.

Systemfolgen

Das Einzige, woran er sich erinnern konnte, war ein lebendiges Tier mitten auf einer großen Bühne. Ein riesiger bunter Papagei. Jan schloss wieder die Augen. Das Gesicht über ihm verschwamm zu einer olivgrünen Masse. Grün wie die Schwanzfeder des Vogels, der im Käfig des Vogelhändlers saß. Ein riesiges buntes Bild lebte für einen kurzen Moment in ihm auf und verblasste sofort wieder.

„Herr Vogler, können Sie mich hören?" Von ganz weit weg kam die Stimme. Wieso sprach jemand zu ihm aus einem Urwald, in dem Papageien zu Hause sind? Er beschloss, sich erst mal nicht zu rühren. Irgendetwas verbot ihm, sich zu erkennen zu geben. Hier passierte etwas, was er nicht einschätzen konnte. Etwas außerhalb seiner Kontrolle. Und das konnte gefährlich werden. Das Konstrukt seiner Aktivitäten in einem sehr durchdachten System ist fragil. Wo war er? „Ist das Ihre Frau?" Wieder diese Stimme. Sie wurde lauter. Das bunte Bild verschwand im Nirgendwo. Auch der Papagei war weg. Er traute sich, die Augen einen Spalt zu öffnen, nur um zu sehen, wer da mit ihm sprach. „Nein ich kenne diesen Mann nicht", ganz leise kam es der Schönen, die dicht an der Tür stand, über die Lippen. Das war ganz offensichtlich gelogen. „Hier sind spezielle Verhältnisse im Spiel", dachte die Krankenschwester. „Wir saßen zufällig nebeneinander in der Oper", vollendete die Frau an der Tür die Schwindelei. „In der Oper?" Aber wie kam er jetzt hierher und wo war hier? Wieder versank er in einer anderen Welt. Papageien tanzten wie Schmetterlinge. Schwerelos, mit olivgrünen Schwanzfedern flatterten sie platt und glänzend wie Oblaten, in einem Poesiealbum. „Kann ich jetzt gehen?" Jan wusste nicht, ob er wach war oder träumte. Er öffnete die Augen. Ein Mann und eine Frau standen an seinem Bett. Der eine offensichtlich ein Arzt. Komisch, er fand gar nichts dabei. Er lag im Krankenhaus. Das war jetzt geklärt. Die Frau neben dem Arzt, die kannte er. Sie hatten nebeneinander gesessen in der Oper. Ja klar, sie roch so gut. Obgleich sie ein sehr teures Kleid anhatte, umgab sie ein Hauch bürgerlicher Betriebsamkeit. Er fand das irgendwie fürsorglich-erotisch. Ob sie etwas mit Escort zu tun hatte? Eine Escort Lady in der Zauberflöte? Er war sich sicher, dass sie sich schon einmal begegnet waren, bevor sie nebeneinander im Parkett saßen.

„Ja, gehen Sie ruhig, aber hinterlassen Sie Ihre Adresse an der Anmeldung, falls es noch Fragen gibt." Das war jetzt wieder der Arzt. „Ist schon gut Chef. Ich mach das schon, Chef." Das war eindeutig die Stimme seiner Sekretärin, die nun wie gewohnt in den Fürsorgemodus geschaltet hatte. Nun erkannte er sie. Sie wirkte verkleidet auf ihn. Ihm wurde wieder etwas schlecht, aber die Erinnerung funktionierte.

Carina wollte sich nicht beruhigen, als er sie zurückrief. „Leipzig und Hamburg sind einfach nicht kompatibel", schrie sie ins Telefon. „Mir ist dein Erscheinen zu zufällig", ihre Stimme erstickte. „Du weißt es doch, ich bin wie eine Wolke. Nicht greifbar und doch treu. Immer in Bewegung, aber verlässlich wiederkehrend", säuselte er zurück. Das geht schief', dachte er im nächsten Moment und bevor er die Strategie der Schwalbe für einen Sommer, die mal hoch und dann mal wieder ganz tief segelt, bis sie in den Süden zur Liebsten zieht, auspacken konnte, hatte sie wütend aufgelegt. Das würde Folgen haben, da war er sich sicher.

Der nächste Anruf kam von seiner Frau. „Hallo Schatz", er erkannte die schmallippige Ironie. „Der Chauffeur bringt dir unsere Opernkarten und das Kleid, das du mir zum Hochzeitstag geschenkt hast. Mach Deiner Sekretärin eine Freude. Im Restaurant La Opera ist auf Deinen Namen ein Tisch reserviert. Sie empfehlen heute Miesmuscheln in Weißwein."

Hamburg, Leipzig, Nirgendwo

„Hallo Windröschen, du bist ja schon wieder gewachsen." Dünne Ärmchen schlingen sich um seinen Hals, drücken ganz fest zu und mit aufgeregter quietschender Stimme erzählt sie in seiner Halsbeuge. Von der neuen Kita, von Lea, die nicht mehr ihre Freundin sein will, davon, dass Brokkoli wirklich eklig schmeckt und dem Frosch, der jetzt im Wassereimer auf der Terrasse wohnt. Rosas Stimme überschlägt sich fast, Jan nickt und grummelt zustimmend.

Glück erfasst ihn von oben bis unten oder ist es kreuz und quer? Egal, schießt es ihm durch den Kopf. „Onkel Jan, den Bernhardinertanz", fordert das Windröschen. Und so tanzen, stampfen und brummeln sie zusammen durch die Wohnküche. „Lauter", fordert Rosa und Jan röhrt rau und heiser, „Ich bin ein Wiener Bernhardiner, wuf wuf wuf – wuf – ich trinke Rum und esse Hühner, wuf wuf wuf – wuf." Mehr Text gibt es nicht, also beginnen sie immer wieder von vorne und bei den Hühnern schaut er Rosa super hungrig an. Dann lassen sie sich erschöpft und lachend aufs Sofa plumpsen.

Dieses Mädchen mit dem blassen, durchscheinenden Gesichtchen und der kleinen, blauen Ader über der Nase, hat sich in seinem Herzen ausgebreitet. Er erinnert sich an die vielen unfassbar müde durchtanzten Nächten. Und je schwerer das kleine Wesen in seinen Armen wurde, desto schwerer fühlte er auch die Verantwortung und die Bindung an dieses kleine Kaff im Nirgendwo, dort wo er immer willkommen war und es auch bleiben würde, bedingungslos. „Onkel Jan hat Besuchsrecht auf Lebenszeit, ein Zimmer und die Lizenz zum Gehen", so formuliert es seine Schwester. „Wetterwolken kann man nicht einfangen, sie schenken auch nichts zu Weihnachten. Wenn sie zu Besuch sind, sind sie wie eine leichte Decke. Zieht man sie bis zum Kinn, werden die Füße kalt. Umhüllt man die Füße, bekommt man Gänsehaut an den Armen. Wetterwolkenmänner taugen nur als Brüder." Sie lacht und schaut ihm warmherzig spöttisch in die Augen.

„Komm Windröschen, wir fahren zu Hagenbeck und dann werfen wir dich den Ziegen zum Fraß vor", schlägt Jan vor.

Neustart

Eine Woche war er bei seiner Schwester und seiner Nichte Rosa, ein Labsal für seine geschundene Seele. Jetzt ist er wieder zurück in der Klinik. Seit einem Jahr ist er in der Privatklinik, die den Namen ‚Auszeit' trägt.

Damals nach dem Zusammenbruch in der Oper hatte sich seine Frau getrennt, sie lebt jetzt mit den Kindern in einer anderen Stadt. Carina, seine Geliebte in Leipzig, hatte auch das Weite gesucht.

Sein Körper hatte gestreikt. Er bekam unvorhersehbare Schwindelanfälle. Die Ärzte untersuchten ihn und diagnostizierten ein psychosomatisches Leiden. Ambulante Versuche, die Krankheit zu beherrschen, scheiterten, arbeiten konnte er kaum noch. So hatte er seinem Stellvertreter die Geschäfte für zwei Jahre übergeben und war in die Klinik gegangen, in eine teure Privatklinik voller wohlhabender Menschen, die wie er ihr Leben nicht mehr im Griff hatten.

Jetzt sitzt er im grauen Ledersessel mit Blick auf den Park. Er fühlt sich wohl in dieser geschützten Welt. Die Schwindelanfälle sind nach eineinhalb Jahren verschwunden.

Die Teilnehmer seiner ‚LSS-Gruppe' (Lebenssinnsuche-Gruppe) – in normalen Kliniken heißen sie Therapiegruppen – haben ihm den Spitznamen ‚Teflonflieger' gegeben, weil an der Oberfläche alles von ihm abperlt. Als er daran denkt, seufzt er. „Ja, es ist schon ein schwieriger Lernprozess, sich von anderen Menschen auch seelisch berühren zu lassen." Einen dicken Schutzpanzer hatte er um sich aufgebaut, der langsam etwas durchlässiger wird.

„Merkwürdig ist das schon", denkt er, „mit Geld kann man sich zwar keine Liebe, aber Aufmerksamkeit, ehrliche Rückmeldung und Interesse an der eigenen Person kaufen." All dies hat er hier erfahren. „Andererseits ist das auch gut", schmunzelt er vor sich hin. „So wie ein Vogel im Wind."

Wie sollte sein Leben weitergehen?

Die LSS-Gruppenberater sagen, er habe jetzt die Wahl, wie er Beziehungen weiter gestalten wolle. Auf jeden Fall sollte er das Schwindeln lassen, keine Lügenwelten mehr aufbauen und – seine Beziehung zu Rosa zeige es doch – Nähe zulassen.

Seine Augen strahlen: „Auf jeden Fall werde ich fliegen und dabei frei sein."

Kein schöner Land

Der Sturm

An diesem Morgen erschien Simba alles wie eine Offenbarung. Die Wegkreuzung, der Horizont – selbst der Möwendreck schien eine der Möglichkeiten zu sein. Gestern hatte Ron, ihr Vorgesetzter, angerufen. Hatte seine Späße gemacht und sie wusste, dass er darauf wartete, ihr diese eine Frage zu stellen. Sie hatte sich gewunden wie ein Aal. Nein, sie müsse sich um Opa kümmern und überhaupt sei das keine gute Idee. Er hatte schmollend aufgelegt und ihr angedeutet: „So schnell wirst du mich nicht wieder los." Unruhig blätterte sie in der Zeitung. Sie hatte diese schräge Angewohnheit, zuerst die Heiratsanzeigen zu lesen. Heute war niemand dabei, den sie kannte. Am Ende bekam man Kinder und blieb zuhause. Das schien ihr nicht der richtige Weg. Der Wind hatte heute Nacht die letzten Blätter von den Bäumen gefegt. Klaglos lagen sie am Boden. Schweigend hatten sie sich der Erde anvertraut. Traurig. Aber so war der Kreislauf, der alles vorgab. Sie aber hatte anderes vor.

Opa John kam tatsächlich um 20 Uhr aus der Kneipe heim. Sie kochte ein Essen und dann sahen sie fern. Draußen begab sich die Welt zur Ruhe. Die Bilder aus der Welt flackerten über den Bildschirm. Ein Erdbeben. Hier ein Hochwasser. Dort gewann die örtliche Fußballmannschaft den Pokal. „Schalt aus", befahl Opa John. Sie holte ein Glas und den Whiskey aus dem Schrank und die abgewetzten Karten. Er mischte und wie üblich verlor sie Spiel um Spiel. Opa John legte sich irgendwann auf das Sofa und schlief ein. Sie deckte ihn zu. Auf ihrem Nachttisch lag das Buch und wollte zu Ende gelesen werden. Ob sie jemals an die Universität gehen könnte? Es gab ein Programm, das es klugen Schülern ermöglichte, auch ohne Prüfung an die Uni zu gehen. Davon hatte Frau Meyers ihr erzählt. Sie dachte an Mutter, die jeden Tag weniger wurde und alles mit einer Ruhe nahm, die sie wütend machte. Ihr Bruder, der wieder im Gefängnis saß. Schwere Körperverletzung und Raub. Nein, heute wollte sie nicht daran denken. Es musste einen Weg aus alldem geben. Etwas, das größer war.

Draußen braute sich ein Sturm zusammen. Die Äste wogten schwer hin und her. Es muss wohl gegen Mitternacht gewesen sein, als ein Geräusch sie aus dem Schlaf riss. Sie lief zum Fenster und schob die Gardine zur Seite. Der Sturm hatte die Gartenstühle aus Plastik tanzen lassen. Einer hatte sich in der Krone des Baumes verfangen. Simba musste lachen. Wie einfach ein Sturm die Dinge auf den Kopf zu stellte. In der Schule war alles leicht für Simba. Schule war die Abwesenheit von Problemen. Ihre Mutter hatte sie anfangs immer gelobt, wenn sie mit guten Noten nach Hause kam. Später dann war es zur Normalität geworden. Sie musste sich nicht einmal anstrengen. Manchmal genügte nur ein Blick ins Buch und sie konnte den Inhalt fehlerfrei wiedergeben und eigene Standpunkte hierzu darstellen. Am Tag ihrer Abiturprüfung war ihr Bruder verhaftet worden und sie konnte nicht an der letzten Prüfung teilnehmen. Frau Meyers, ihre Lehrerin, hatte nachmittags an der Haustür geschellt. Ihre Mutter hielt sie davon ab zu öffnen. „Kind, jetzt ist nicht die Zeit. Du musst Geld verdienen, bis dein Bruder wieder nach Hause kommt." Dann strich sie mit der flachen Hand immer wieder über den Tisch und schaute Simba nicht dabei an. Opa John kam in die Küche, legte seine Zähne ins Glas. „Wann gibt es wieder Huhn?" „Wenn Simba einkaufen war."

Draußen goss es wie aus Eimern. Praktisch wäre es, wenn der Regen die aufgeladene Schuld wegwaschen würde, dachte sie. Das alles lag schon drei Monate zurück, der Bruder blieb in Haft, die langen Tage in der Reinigungsfirma ließen b wenig Raum. Aber sie wusste, irgendwann würde der Zeitpunkt kommen. Der Regen wäscht keine Wünsche fort und ein Sturm war immer eine Möglichkeit.

Wohin der Wind weht

Der Stuhl im Apfelbaum, das war's, der hatte den Anstoß gegeben, ohne den wäre sie jetzt nicht hier, echt verrückt. Ja, der Sturm hatte ihr gezeigt, wie leicht scheinbar feststehende Dinge auf den Kopf gestellt werden konnten. Genau so wollte sie's auch machen, die Dinge von Grund auf ändern. Ihr fester Wille, mit dem würde sie durchhalten. Und ihrem Verstand konnte sie vertrauen, der hatte bisher gut funktioniert, genauso wie ihr Gefühl, ihr feiner Riecher. Wie oft hatte sie sich aus brenzligen Situationen retten können, weil sie früher als andere den Braten roch. Ihrem schmierigen Chef zum Beispiel war sie bisher immer entwischt, auch wenn er noch so trickreich versucht hatte, sie als Letzte abends im Laden festzuhalten. Sie musste lachen, wie dumm der gucken würde, wenn sie sich vom heutigen Tag an einfach in Nichts aufgelöst hatte. Sie blinzelte in den blauen Himmel mit den auffliegenden Möwen und fühlte sich herrlich frei, das Wasser blitzte und lockte, die lauten Geräusche des Hafens hüllten sie wohltuend ein, bedeutete das doch unermüdliche Betriebsamkeit und Arbeit, an der sie bald ihren Anteil haben würde.

Endlich frei sein. Ihr Hab und Gut hatte komplett in den kleinen Pappkoffer gepasst, das Packen hatte nicht lang gedauert heute Nacht. Ihre wenigen

Kleidungsstücke hatte sie immer tadellos in Ordnung gehalten für den Fall, sie müsste auf der Stelle abhauen. Raus aus allem, das war schon beinahe zur fixen Idee geworden. Ihre Mutter. In Simba krampfte sich etwas zusammen, ja, Mama war der Grund, warum sie bisher gezögert hatte. Opa auch, aber Mama, die hatte es möglich gemacht, dass sie aufs Gymnasium ging. Sie hatte all die Jahre, weiß Gott wo, geputzt, um ihrem Sohn und ihrer Tochter das Gymnasium zu ermöglichen. Immer hatten sie peinlich wenig Geld, ein Tabuthema, aber allgegenwärtig. Ihr Bruder. Seit er vierzehn war, verbrauchte er das meiste Geld. Und Mama nahm noch eine weitere Putzstelle an. Er sollte auf die kleine Schwester aufpassen, die gut anderthalb Jahre jünger war als er. Stattdessen kam es genau umgekehrt. Lesen und Schreiben hatte er ihr noch beigebracht, bevor sie zur Schule kam. Und dann war sie es, die ihm ständig helfen musste bei den Schularbeiten und bald schon mit gutem Rat. Er nannte sie gönnerhaft ‚Köpfchen' und spielte sich mit seiner großen Klappe und mit seinen Muskeln mächtig auf. Eine Zeit lang lief das gar nicht schlecht, aber dann wurde er immer unmöglicher. Motzte nur noch rum, tat so, als wären ihre Ratschläge unterirdisch. Sie wusste, dass er sich in Wirklichkeit schämte. Er blieb sitzen und schließlich flog er von der Schule.

Mama war entsetzt und hilflos: „Dirk braucht den Vater so nötig, eine feste Hand, was soll ich nur machen, ich kann das nicht, ich kann nicht mehr", weinte, seufzte, schimpfte sie, eine ewige erbarmungswürdige Litanei. Nichts war da zu machen, es gab keinen Vater. Opa zählte nicht, der hing versponnen in seiner Welt, dem war alles recht, Hauptsache die Schnapsflasche war in Reichweite. Dirk war nicht mehr zu kontrollieren, Lehrstellen gab er auf oder wurde rausgeschmissen. Und jetzt Gefängnis. Ende der Fahnenstange. „Da lernt er, was ihm zum Schwerverbrecher noch fehlt", war Opas Kommentar. Und doch, das wusste sie genau, war Dirk kein schlechter Kerl.

Jetzt oder nie. Der Moment war gekommen für sich selbst zu handeln, nur nicht schwach werden, nur nicht mit dem nächsten Bus in ihre enge Kleinstadt zurückfahren. Da hatte sie genug durchgemacht. Wegen ihrer sehr guten Noten war sie als Streberin verachtet worden. Bis tief in die Nacht, hieß es, würde sie pauken, auf Teufel komm raus, total öde sei das. Es war sinnlos zu widersprechen. Aber langweilig war sie ja wirklich, konnte nie mitreden bei den schicken Sachen, den Pferden zum Beispiel. Sie mochte Pferde, nicht aber die pferdeverrückten Mädchen, die fand sie reichlich arrogant. Einmal hatte sie gehört, wie über eine Frau geklatscht wurde, die sich ein gutes Pferd vom Mund abgespart hatte. Darum und nur darum war dieses Pferd irgendwie kein richtiges Pferd, allerhöchstens ein halbes. Und Preise, die sie auf Turnieren holte, waren keine echten. „Die schon wieder", sagte man wegwerfend. Für große Turniere war das Pferd tatsächlich nicht gut genug. In jeder Hinsicht blieb es also ein halbes Pferd. Esprit, Können, Geld waren angeboren, ganz einfach. Unsäglich war das, unsäglich und empörend, aber sie hielt den Mund, so schwer das manchmal war. Ihre einzige Quasi-Freundin aus gutem Haus verteidigte sie nur sehr schlapp. Sie verzieh ihr das, immerhin joggten sie oft gemeinsam lange durch den Wald; für dieses bisschen Anerkennung machte sie der Freundin schwierige Hausaufgaben oder erklärte ihr geduldig, was sie nicht kapierte. Sie durchschaute den Handel genau, spielte aber mit. Dann der Donnerschlag: Sie hatte das Abi nicht mitschreiben können. Genau an dem Morgen war der Bruder im Gefängnis gelandet. Zusammenbruch der Mutter, die Polizei mit den vielen Fragen, furchtbar.

Ihre Mutter brauchte alle ihre Hilfe, wochenlang war sie außerstande zu putzen, und Simba musste sofort Geld verdienen. Sie hatte den nächstbesten Job angenommen in diesem blöden Reinigungsladen. Seither war der Kontakt abgeschnitten zu ihren ehemaligen Mitschülern. Sie wurde einfach vergessen, nachdem man sich anfangs schadenfroh das Maul über sie zerrissen hatte.

Aber jetzt stand sie hier, frei und stark, sogar körperlich stark, was keiner ihrer schmalen Gestalt zutrauen würde. Das gezielte Turnen in den Obstbäumen und das viele Laufen hatten sie durchtrainiert. Ihr grober Plan: Sie wollte auf einem Schiff anheuern, vielleicht einem Kreuzfahrtschiff und ganz bestimmt nicht als Putzfrau. Irgendeinen viel besseren Job könnte sie ergattern, da war sie sich sicher. Sie hatte alle Zeugnisse dabei, damit man sehen konnte, dass sie nicht etwa durchs Abi gefallen war, sondern ihrer zusammenbrechenden Mutter hatte helfen müssen. Das musste sie nur überzeugend genug rüberbringen. Sie sprach gut Englisch, auch Russisch nicht schlecht. In Mathe war sie ein As, also könnte sie sich bei allem, was mit Berechnungen zu tun hatte, einarbeiten. Sie würde Geld sparen und einen Teil nach Hause schicken. Denn auf einem Schiff brauchte sie keine eigene Kleidung, die wurde gestellt und vielleicht musste sie sogar kein Zimmer im teuren Kiel mieten, mal sehen. Sicherlich bekam sie eine Kabine, die sie mit anderen natürlich teilen musste. Na, wenn schon. Hauptsache, sie war die Kleinstadtenge los, die ihr oft genug die Kehle zugeschnürt hatte. Und, sehr wichtig, sie verdiente Geld. Geld – einmal an dieses leidige Thema nicht mehr denken müssen! Der Verdienst vom Reinigungsladen war fast ganz für den Haushalt draufgegangen. Die magere Rücklage hatte sie jetzt dabei. Ihre Mutter – wieder krampfte etwas im Inneren – nein – nur jetzt nicht umkehren, vernünftig bleiben, nicht kopflos in den nächsten Bus zurück steigen. Mama musste jetzt in die ‚Puschen‘ kommen. Ja, sie war ausgeleert, zutiefst verletzt, depressiv und alles, aber sie war nicht körperlich krank, sie war es nicht. Wenn sie wieder arbeiten musste, würde ihr das gut tun. Opa hatte immerhin seine kleine Rente, und sie besaßen das kleine Häuschen aus Opas Seemannszeiten, total renovierungsbedürftig, die paar Zimmer zugig und kalt im Winter, nur die Küche warm vom Bollerofen. Im Sommer dagegen wurde sie von einigen, die direkt in der Stadt wohnten geradezu beneidet. Ihre Quasi-Freundin schwärmte vom wild wuchernden, so romantischen Garten mit den alten ulkigen Obstbäumen. So gesehen hatten Mama und Opa es nicht schlecht, es ginge noch deutlich schlechter.

Sie musste zu Hause anrufen, sie durfte nicht warten, bis der Reinigungsladen sich bei ihrer Mutter meldete. Mama würde womöglich wieder zusammenbrechen. Sie schaute sich nach einem Telefonhäuschen um.

„Mama, ich bin's, bitte erschrick nicht, es ist nix passiert. Es ist nur so, ich bin jetzt in Kiel und sehe mich nach einem besseren Job um. Die Reinigungsfirma – das geht so nicht weiter, ich muss und werde was Besseres finden. Was Solides. Mach' dir wirklich keine Sorgen. Ich weiß, was ich tu'." Leises Wimmern am anderen Ende. Schrecklich, sie musste ihre Mutter überzeugen. „Du hast doch nicht ein Leben lang geputzt, damit ich in einem Reinigungsladen lande, deine Tochter, immer die Beste in der Schule, das kann's doch nicht sein." Gepresstes „Nein". Pause.

Sie atmete tief durch: "Mama, hör' zu, ich bin fest entschlossen und es wird gut gehen, ich melde mich immer wieder bei Euch, Du wirst genau informiert. Für kurze Zeit musst Du den Engpass mit Opa schaffen. Okay? Sag dem Chef der Firma, der wird sich bald melden, dass ich ein besseres Angebot in Kiel angenommen habe. Eine Art Kündigungsschreiben liegt in meinem Zimmer auf dem Tisch. Ist doch sowieso alles halblegal bei denen. Mama, vertrau mir, das hast du doch immer getan. Es wird alles gut werden, glaub' mir." Ein brüchiges „Ist gut, Kind." Simba legte erleichtert auf. Nun in die Reederei!

Kräftig schritt sie los. Sie, Elisabeth Grote, alias ‚Simba', seit Kindheit von sich selbst so genannt und dabeigeblieben, 1968 in Neumünster geboren, ohne Abi durch böse Mächte, nahm nun ihr Leben selbst in die Hand.

Ebbe und Flut

Es hatte genau elf Minuten gedauert. Die Mütze schaffte es noch auf den Kopf, und dann war sie, mit Schal und Mantel über dem Arm, geflüchtet. „Junge Frau, ihre Tasche", die Dame vom Personalrat der Kieler Reederei rief hinter ihr her. „In dieser Reederei arbeitet mein Onkel", flüsterte sie und drückte Simba einen Zettel in die Hand. Eben im Konferenzraum hatte diese Frau sie noch an Frau Meyers, die Lehrerin ihrer Abschlussklasse, erinnert. Einen kurzen Moment umfing sie eine wohlige Wärme. „Wie die ersten Sonnenstrahlen im März, die der Wind mit der Wärme des Südens betankt hat", dachte sie und spürte im selben Augenblick ganz nahe ihres Mittelscheitels, über ihr den wutgetränkten Atem des Mannes, dem sie ihre Bewerbungsunterlagen auf den Tisch gelegt hatte. Sie kannte die Gesetzmäßigkeiten der Natur, aber sie kannte nicht die Regeln der neuen Zeit oder, besser gesagt, des Zeitgeistes, der die Etappen gesellschaftlicher Wendungen markiert. „Dieser Sturm ist unberechenbar und zerstörerisch", befürchtete sie. Wortfesten flogen

zwischen Ohr und Herz: „Was denken Sie sich –
sind Sie naiv oder nur etwas frech – Kindchen –
ohne Abschluss – was soll das Gewinsel – machen
Sie sich mal gerade – keine Chance auf einem Schiff
– eine Männerwelt …"

Noch zehrte sie von der Energie ihrer Entscheidung, die sie zur Flucht ermutigt hatte. Doch damit
hatte sie nicht gerechnet. Mit Wucht war sie genau
an ihrer schwächsten Stelle getroffen, ihr über Jahre
drangsaliertes Selbstbewusstsein, das viel Schuld-
gefühl und Abhängigkeit im Gepäck hatte und
trotzdem ein Gerüst zum Überleben bot. „Alles wie
immer – nur ohne Gerüst?" Der Gedanke löst keine
Angst aus. In der Hand hielt sie noch immer den
Zettel mit der Telefonnummer, sie strich ihn glatt
und prägte sich die Zahlen ein: 040 661280. „Man
braucht im Leben immer nur eine Verbündete." Das
sollte für sie ein weiterer Leitspruch werden. Mit einem trotzigen Lächeln im Gesicht hüllte sie sich in
Schal und Mantel und ging direkt zum Bahnhof, wo
in der Gepäckaufbewahrung ein kleiner Pappkoffer
mit allem, was sie besaß, auf Auslösung wartete.

„Ich hab' Sie schon erwartet", ein etwas rundli-
cher Mann mit halber Glatze kam auf sie zu und
strahlte sie vertrauensvoll an. Er erinnerte sie an ihren Großvater, wenn der einen guten Tag ohne Alkohol hatte. „Meine Nichte hat sie angekündigt." Er

lief mit kurzen, schnellen Schritten den Gang hinunter, machte eine scharfe Rechtskurve, ging in die erste Tür hinein, die offenstand und kam dann gleich zur Sache. „Also, das mit der Arbeit auf dem Schiff, das können Sie vergessen junge Frau", er zeigte mit der Hand auf einen Stuhl am Schreibtisch. „Die Hapag-Lloyd in Hamburg heuert Personal für Frachtschiffe mit wenigen Passagierkabinen an. An Bord gibt es nur Männer. Vom Kapitän bis zum Schiffsjungen – alles Männer." Simba machte den Rücken gerade und hob das Kinn, 'nur keine Schwäche zeigen'. Ihr Blick blieb an einem Plakat hängen: „Sie sind sturmerprobt und verstehen die Botschaften des Wetters? Dann kommen Sie zu uns und lassen sich als Nautiker ausbilden." Ein Offizier in weißer Uniform lachte dazu gute Laune in die Werbung.

„Ja, junge Frau, was sagen Sie denn dazu?" Der freundliche Mann schob ihr erwartungsvoll ein Papier über den Tisch. Sie las etwas von Stenotypistin, von drei Monaten Probezeit und dann stand da noch 1000,00 DM. Das eingefrorene Lächeln in ihrem Gesicht interpretierte er als wohltuende Gelassenheit und, fast erleichtert, nahm er die Hand, die Simba ihm lachend reichte. Vor der Tür des grauen Gebäudes am Rödingsmarkt wehte ein scharfer Wind von der Elbe her. Es roch nach Regen. Simba summte eine noch nicht geschriebene Melodie auf selbst ersonnene Worte: „Der Regen wäscht keine Wünsche fort und ein Sturm ist immer eine Möglichkeit." Heute hatte sie mit einem Flügelschlag dem Sturm eine Arbeitsstelle abgerungen und dem verborgenen Wunsch einen Namen gegeben. Sie wird Nautikerin. Kein Regen konnte diese Vision wegwaschen.

Navigieren

Der erste Tag im Büro. Herr Braun führte Simba durch die Räume bis zur Personalabteilung. Eine rothaarige Frau gab ihr einen Dienstausweis. Es roch nach Kaffee und Eau de Cologne. „Verlieren Sie den bloß nicht, Schätzchen. Das wird nicht gerne gesehen." Simba nickte mit einem breiten Grinsen. Auf dem Schreibtisch standen Kinderfotos. Und das Bild eines älteren Ehepaares. Sie war also verheiratet. Sie sah sehr kompetent aus, gar nicht verschüchtert. Simba hatte sich verheiratete Frauen immer ganz anders vorgestellt. „Ich bin übrigens Frau Walden. Sollte es Probleme geben, meine Tür ist immer offen." Das fing ja gut an. Simba fühlte unendliches Glück. Und Stolz. Und. Und. Und. Am liebsten hätte sie gleich zu Hause angerufen und allen von ihrem Glück erzählt. Aber etwas krampfte sich in ihr zusammen, wenn sie daran dachte. Also lieber in die Arbeit stürzen. Und die machte ihr Tag für Tag mehr Spaß. Sie errechnete in der Maschinentechnik, neben ihrer Ausbildung, Dinge, die aus einer anderen Galaxie zu kommen schienen, die aber ganz real waren unter diesen Leuten. Endlich kein Außenseiter mehr. Endlich konnte sie zeigen, was in ihr steckte.

Das erste Jahr verflog wie ein Wimpernschlag. Sie wohnte wie die meisten in einer Betriebswohnung. So fühlte sie sich der Reederei noch zugehöriger. Mit den anderen pflegte sie freundschaftliche Kontakte. Das reichte ihr. Man aß zusammen zu Mittag oder traf sich abends auf ein Bier. Ihre Familiengeschichte verschwieg sie schamhaft.

Simba hatte wieder Kontakt zu Frau Meyers, ihrer alten Lehrerin, aufgenommen und diese versorgte sie mit Neuigkeiten und Unterstützung. Der Mutter schickte sie regelmäßig Geld. Ihre Dankbarkeit war in jedem Anruf spürbar, aber auch der Zorn von Dirk, der ihr Egoismus vorwarf, weil sie die Familie verlassen hatte. Und das, obwohl er noch immer im Gefängnis war. Das tat weh.

Eines Tages, als sie an ihrem Schreibtisch saß, kam Herr Braun zu ihr. „Simba, kommen Sie bitte in mein Büro. Sagen wir um 15.00 Uhr?" Simbas Magen krampfte sich zusammen. Sie arbeitete weiter, aber ihre Gedanken verfingen sich in Horrorszenarien über ihre Familie. Um kurz vor drei klopfte sie an die Tür von Herrn Braun. Aus dem Inneren des Büros drang seine Stimme zu ihr. „Ja, ich werde es ihr vorschlagen. Nein, sie ist schon volljährig. Ihre Familie lebt, aber das soll nicht ihre Sorge sein. Ich melde mich, wenn wir alles unter Dach und Fach gebracht haben. Mach es gut." Der Hörer landete mit einem Knall auf der Gabel. Simba klopfte energisch. „Komm rein, Kind. Setz dich." Erst jetzt sah Simba, dass sich draußen eine Schlechtwetterfront zusammenbraute. Von Weitem meinte sie ein Donnern gehört zu haben. „Simba, ich danke dir für dein Kommen. Wasser?" „Gerne", antwortete sie. Sie hatte ein pelziges Gefühl auf der Zunge. Und gleichzeitig war ihr Rachen wie eine Wüste. Von wem war die Rede in dem Telefonat, welches sie unfreiwillig belauscht hatte? Ihre Gedanken liefen auf Hochtouren. Er schenkte ihr ein. „Simba, du machst dich wirklich gut. Einige deiner Leistungen sind überragend und deshalb haben wir dich als Stipendiatin für ein Studium in Stockholm vorgeschlagen. Ich weiß, du hast einen Traum, und wir haben keine Zweifel, dass du das Studium der Nautik schaffen könntest. Wir werden dich hier schmerzhaft vermissen, möchten aber auch nichts unversucht lassen, dich zu fördern. Heute kam die Antwort und sie haben Ja gesagt. Wenn Du einen guten Abschluss in Stockholm machst, kommst du zurück nach Hamburg und fährst für uns auf der Hamburg-Amerika-Linie. Dein Schiff nach Stockholm legt am kommenden Dienstag im Freihafen um 6.20 Uhr ab. Und mach uns bloß keine Schande", er lachte. „Und noch etwas, Simba: Du wirst die erste Studentin sein, die zu diesem Studium zugelassen wird. Was sagst du dazu?"

In Simba tobte ein Kampf zwischen totaler Freude und Verzweiflung. Dass sie so schnell weiterkommen würde, das hatte sie nicht für möglich gehalten. Ihr Traum war zum Greifen nah. Als erste Frau ein Schiff durch die Stürme dieser Meere navigieren. Und gleichzeitig wäre sie noch weiter von ihrer Familie entfernt. Räumlich und finanziell. Und was, wenn der Opa oder die Mutter schwer krank werden würden? Herr Braun schien Simbas Gedanken zu lesen. „Mach dir keine Sorgen. Ich weiß, dass du deine Mutter finanziell unterstützt. Ich möchte dir einen Kredit anbieten. Die Zahlungen an deine Mutter laufen weiter, und du zahlst ihn nach dem Studium zurück. Simba, das Leben hat noch einiges mit dir vor. Aber die Gabe, die dir geschenkt wurde, ist ebenso eine Verpflichtung." Dann schob er ihr einige Formulare zu. „Bitte fülle bis morgen alle Angaben aus und gib sie bei Frau Walden im Büro ab. Simba, wir sind stolz auf dich."

Jetzt hielt es Simba nicht mehr auf dem Stuhl. Sie riss ihre Arme in die Luft. „Das ist meine Antwort!", rief sie Herrn Braun zu. Und stürmte aus seinem Büro. Gleich heute Abend würde sie Frau Meyers anrufen. Und alles mit ihr besprechen. Sie lief durch das Treppenhaus und pfiff die Melodie ihres Liedes. „Der Regen wäscht keine Wünsche fort und ein Sturm ist immer eine Möglichkeit."

Ihre Habseligkeiten waren schnell gepackt und am 2. April 1988 betrat sie am späten Nachmittag schwedischen Boden. Mit dem Bus fuhr sie zur Universität, schrieb sich ein und holte sich den Zimmerschlüssel für das Studentenwohnheim. Als sie in ihr Zimmer gebracht wurde, sah sie Gustav zum ersten Mal. Etwas war anders als sonst, wenn sie Männer betrachtete. Ihre Neugierde kroch langsam die Wirbelsäule hinauf und ließ sie rot werden, wenn sie nur an ihn dachte. Er war gutaussehend und unglaublich schlau. Einen Monat später waren die beiden ein Paar. Sie waren es, die spät nachts noch in den Büros saßen und Berechnungen kühnster Art besprachen. Das war ihre stärkste gemeinsame Verbindung. Ihre Geister tanzten miteinander und fühlten sich unbegrenzt.

Die Vergangenheit war so fern. Dirk hatte gleich nach seiner Entlassung eine Bank überfallen, war dann einige Monate auf der Flucht, bevor er, in seiner Stammkneipe prahlend, wieder verhaftet wurde. Mutter ging es, den Umständen entsprechend, gut. Sie hatte das alte Häuschen von Opa nach dessen Tod verkauft und lebte nun in Kiel. Nur in ihren Träumen, wenn der Wind um die Häuser trieb und sich gegen die Fensterscheiben drückte, nahm Dirk Platz in ihren Gedanken ein. „Warum ich? Warum muss ich dieses Leben haben? Was habe ich nur getan? Simba, hilf mir. Bitte hilf mir." Nach dem Aufwachen aus diesen Träumen, dachte sie weinend an die Zeit, als sie noch Kinder waren und sie und Dirk unter den Obstbäumen Fangen spielten. Oder wie er ihr manchmal die Haare nach dem Baden kämmte oder ‚Arme Ritter im Schlafanzug' zubereitete, während Mutter putzen war. Dann lächelte sie still. Die Träume brachten aber auch Bilder hervor, die sie tief vergraben hatte. Es waren jene, in denen Dirk von Opa verprügelt wurde. Dirks Winseln und Flehen. Und wie Dirk anfing, selbst auszuteilen. Nur Simba hatte er nie angefasst.

Vier Jahre später erhielt Simba als Nautikerin ihr erstes Kommando auf einem großen Schiff. Gustav fuhr für MAERSK zur See. Beide verdienten gut in dieser Zeit und so beschlossen sie eine längere Reise zu machen, bevor sie in Hamburg für die Hapag-Llyod das Kommando auf einem der Schiffe der großen Flotte übernehmen sollten.

Herr Braun freute sich schon seit langem auf Simbas Rückkehr. Fast sechs Monate reisten sie durch Südamerika. Wie viel weiter, heller war hier der Himmel. Als sie in Buenos Aires für ein paar Tage von Bord gingen, gab Simba ein Telegramm nach Kiel auf. ‚Mir geht es gut. Stopp. Es ist unglaublich schön in Südamerika. Stopp. In zwei Monaten legen wir in Kiel an. Stopp. Grüße an Dirk. Stopp.' Als sie das Postamt verließ, liefen die Tränen. Nie hatte sie die Trennung so schmerzhaft gefühlt. In Kiel angekommen, fuhr sie mit dem Taxi gleich zur Wohnung der Mutter. Gustav suchte ein Hotel und wollte auf ihre Rückkehr warten. Aber niemand öffnete ihr die Tür. Unschlüssig stand sie noch einige Minuten im Hausflur, als die gegenüberliegende Tür zaghaft geöffnet wurde. Ein kleines Mädchen mit einem Stoffhasen in der Hand beobachtete sie. „Elisabeth, komm wieder rein", rief eine rauchig klingende Stimme als dem Inneren der Wohnung. Aber Elisabeth starrte Simba weiter an. Etwas in dem Gesicht des Kindes erinnerte sie an jemanden. Aber an wen? Entschlossen ging sie auf das Mädchen zu. „Elisabeth, nun komm." Die Stimme wurde ungeduldiger. Mit einem Ruck wurde die Tür weit aufgerissen und Elisabeth wurde auf den Arm genommen. Erst dann nahm die Frau Simba wahr. Kam der nächste Sturm? Simbas Gedanken stockten für einen Moment. „Du musst Simba sein", rief die Frau voller Freude. Nur kurz meinte Simba einen unbestimmten Schmerz wahrzunehmen. „Ich bin Anna, die Witwe von Dirk und das ist Elisabeth, unsere Tochter."

Ein Alptraum

Ein Alptraum

Endlich schiebt sich die Fahrstuhltür zu, mit einem leisen, saugenden Ruck. Die gedrückte 5 leuchtet. Und schon ruckt es wieder. Der nächste Schritt ist aussteigen. Und dann? Sie steht in einem langen Flur mit vielen Türen. Eine Neonlampe flackert. Das Licht benimmt sich genauso unschlüssig wie sie. Achtsamkeit kommt ihr in den Sinn. Wie geht es mir? Nicht hier auf dem Flur, sondern ganz tief in mir, jetzt gerade? Zerrissen, wäre die Antwort, Druck auf der Brust, Kloß im Hals, Rumoren im Bauch, Fluchtgedanken, weg von diesem trostlosen Ort, aber was nützt es, wenn es in mir genauso aussieht?

Der Name am Klingelknopf, den sie sucht, drängt sich ihr förmlich auf. Ok, so denn, ich drücke ihn jetzt! Sie betritt eine Einraumwohnung, eher eine Einraumbehausung. Deshalb waren wir immer in Restaurants, spazieren oder bei mir. Hier kann nicht gewohnt werden. Der Schrankinhalt hat sich auf den Teppich ergossen. Der Geruch im Zimmer lässt sie würgen. Eine Mischung aus längst fälligem Wechseln von Bettwäsche und ungewaschener Beanspruchung benebelt ihre Sinne. In ihr entsteht das Bild eines verwahrlosten Wesens, aus seiner Mitte gerissen, nah am Abgrund.

Wie hat er es immer noch geschafft, sich nichts anmerken zu lassen? Mindestens am Geruch seiner Kleidung hätte ihr was auffallen müssen. War sie dumpf, blind, taub im Umgang mit ihm? Oder hatte er perfekt Theater gespielt mit entsprechender Verkleidung? Sie schaut ihn an. Etwa zum ersten Mal richtig? Ohne ihre übliche Brille, mitten durch ihre Augen? Das ist Jürgen? Sie fühlt sich bemerkenswert ruhig. Ihr inneres Chaos weicht einer leeren Fassungslosigkeit. Worte lassen sich nicht formen. Ihr Blick trifft seinen. Sie schaut in ein Flackern, wie das der Neonröhre auf dem Flur. Als schiebe sich ein Vorhang zur Seite, sieht sie ihn pur und ungeschützt.

Ihr Kennenlernen war ungeplant, schicksalhaft schön. Sie kam hinzu (Sonntagmorgen 8 Uhr, kalter nasser November), als er zwei obdachlose Männer zu trennen versuchte. Es schien, als ob der eine, jünger und kräftiger, sich auf den noch im Schlafsack Liegenden stürzen wollte. Schauplatz war der Dachüberstand einer U-Bahnstation. Mit entsprechend klarem Auftreten schaffte er Distanz. Sie warteten, bis der Angreifer verschwunden war. Er hielt sie davon ab, dem vermeintlichen Opfer Geld zu geben, sondern schlug vor, ein Frühstück zu besorgen.

Ob er Termine hatte, hat sie nicht gefragt, ihr Seminar ließ sie sausen. Stattdessen kauften sie Kaffee und Brötchen, brachten es dem Mann, der seinen Schlafsack schon zusammengerollt hatte, kehrten zurück unter das wärmende Dach einer Backstubenkette und erzählten und erzählten.

Es war wie im Traum, ihrem heimlichen Traum. Ein Fremder tritt in ihr Leben und ist nicht fremd, sondern vertraut und vertrauenswürdig, nah und selbstverständlich, plötzlich einfach da. Sie verbrachten kostbare Zeiten miteinander, oft spontan. Betrüblich waren seine ebenso spontanen Absagen, aber was machte es schon, wenn die gemeinsam verbrachten Stunden erfüllt waren. Einen so mutigen Auftritt wie damals erlebte sie bei ihm zwar nie wieder, aber er übte eine seltsam anziehende Wirkung auf sie aus. Eine Mischung aus Stärke, umsponnen von einer melancholischen Wolke, die in ihr immer etwas auslöste, was sich am ehesten mit einem liebevollen Drang, ihm über die Wange zu streichen, beschreiben ließe.

Und jetzt steht sie in diesem Alptraum von Zimmer, einem Fremden gegenüber, der sie angerufen hatte, sie hierhergebeten hatte, beängstigend drängend. Er stammelt mehr, als dass er spricht: "Ich weiß nicht, was ich tun soll, meine Frau hat mich endgültig verlassen." Sie weiß von keiner Frau.

Gestern war es Hoffnung

Fassungslos steht sie im Zimmer des Geliebten. Mit allen Sinnen versucht sie, die Situation zu erfassen. Erst auf den zweiten Blick erkennt sie ihn. Auge, Ohr, Nase alles in ihr ist in Bereitschaft. Den Tastsinn lässt sie im Moment noch aus. Sie traut sich nicht, ihre medizinischen Handschuhe aus der Tasche zu holen. Das wäre zu steril für den Stand ihrer Beziehung. Es riecht nach Gefahr oder nach Armut oder nach beidem. Gefahr stinkt wie Armut, denkt sie und langsam kriecht die Erinnerung ihrer ersten Begegnung an ihr hoch.

Hier in diesem Zimmer riecht es genau wie am Schlafplatz des Obdachlosen im U-Bahnhof am Hammer Park. Beißend abgestanden und feucht, schimmelig feucht. Auf dem Weg von der Nachtschicht im Krankenhaus nach Hause geriet sie damals in einen Streit, der sich am Lager eines Obdachlosen abspielte. Der am Boden liegende Mann krümmte sich vor Schmerzen. Ohne Zögern ging sie auf das Trio zu. Das im nächsten Moment nur noch ein Duo war, denn der Angreifer war bereits auf der Flucht. Blut tropfte auf die gelblichen Bahnhofsfliesen. Der Rest fühlte sich an wie übrig geblieben aus zwei Welten. Der eine heruntergekommen und trostlos und der andere gut gekleidet, mit einer

Körperspannung, die Gelassenheit versprach. Aber sie schienen sich zu kennen.

Sie braucht Zeit, um sich aus dem Puzzle ihrer Gedanken ein Bild zu machen. „Bin gleich zurück", ruft sie in den Raum, der mit einer einzigen, provisorisch angebrachten Glühbirne so gnadenlos ausgeleuchtet ist, dass ihr kein Detail verborgen bleibt. Kaffee, belegte Brötchen und eine Zimtschnecke kauft sie beim Bahnhofsbäcker.

Es ist genau das Frühstück, das er dem jungen Obdachlosen damals auf die Matte legte, bevor sie einen endlos langen Tag miteinander verbrachten. Der Meilenstein ihrer wundersamen Begegnung. „Das ist übrigens Jens", hatte sie ihm damals zugeflüstert, bevor sie den Hoffnungslosen allein ließen. Jürgen schien nicht überrascht, als er den Namen hörte und sie dachte sich nichts dabei.

„Ich muss Zeit gewinnen", ihre Stirn legt sich in Denkfalten, bevor sie abgezählt fünf Euro und zwanzig Cent auf den Tresen legt. Die Tüten mit dem Gebäck greift sie mit einer Hand und umhüllt den heißen Kaffeebecher mit einer Serviette. Dieses Mal nimmt sie die Treppe bis in den fünften Stock und versucht der eben entronnenen Situation eine Geschichte zu entlocken.

Sie hatten sich länger nicht gesehen. Mindestens sechs Wochen nicht. Er war krank, ja, sie erinnerte sich an seine wundgehustete Stimme. Dann war sie im Urlaub und es folgte mal wieder eine Fortbildung, dieses Mal in Mainz. Erst seit gestern war sie zurück in Hamburg. Sie sah seine Handynummer im Display und konnte kaum sprechen vor Aufregung. Bis sie die brüchige Stimme eines scheinbar sehr alten Mannes hörte: „Komm, bitte. Komm schnell." Die Adresse brannte sich in ihr Herz. Sie kannte die heruntergekommenen Häuser am Kanal im Industriegebiet nahe der Autobahn. Es waren verdrängte Erinnerungen aus der Zeit, als sie noch im Notarztwagen Dienst hatte. Menschen, die hier wohnen mussten, waren nicht nur krank, sie waren oft verstrickt in dubiose Umstände und Geschäfte. Die sichtbaren Folgen brutaler Gewalt lenkten sie immer wieder ab vom erbärmlichen Zustand, der hinter einer mühsam errichteten Fassade verborgen war.

Wieder hat sie das Bild des verwahrlosten Zimmers vor Augen, aus dem sie gerade geflohen war, um etwas Zeit zu gewinnen. Berge von Klamotten türmen sich dort auf dem Boden. Ein dreckiger Mischmasch aus Hemden, Jeans, Anzügen und, „ja, etwas war merkwürdig", sie erinnert sich an bunte Sneakers und mehrere Baseball Caps. Mittendrin der Mann, der noch vor wenigen Wochen ihre Träume aufleben ließ. Sie baut die Teile ihrer Erinnerung zueinander: „Keine Flaschen, ja, es roch auch nicht nach Alkohol. Ein Aschenbecher voller Kippen, nein zwei, ein weiterer am Klamottenberg. Seit wann raucht er? Aufgerissene Schachteln mit Medikamenten und verstreute Münzen liegen auf dem Boden."

Wieder ruft sie ihre Erinnerung an das Ereignis im Bahnhof auf: „Kein Geld, sie bringen sich um mit Drogen. Dafür wollen wir doch nicht verantwortlich sein, oder?" Sie hört seine Stimme, als wäre es heute. Sie hat nicht vergessen, mit welchen Worten er sie auf dem Bahnhofsvorplatz daran hinderte, dem jungen Mann Geld zu geben. Und jetzt ahnt sie einen Zusammenhang für seinen fürsorglichen Umgang mit dem Obdachlosen.

Sie rennt die letzten Treppen nach oben, stößt die angelehnte Tür auf und reißt den Haufen Klamotten auseinander. „Das ist Jens, er braucht deine Hilfe", sagt er leise.

Verloren

„Was ist mit Jens?" Sie lässt sich auf den Boden fallen und setzt sich zwischen all dem Müll auf einen freien Platz und überreicht den beiden

Männern Kaffee und die Tüten mit dem Gebäck. Mit zittrigen Händen hält Jürgen den großen Pappbecher Kaffee mit viel Zucker. Sie weiß, dass er ihn gern so trinkt. Der beißende Gestank im Raum vermischt sich mit dem Kaffeeduft. „Was ist passiert, Jürgen?", fragt sie, „und was ist mit deiner Frau?" Er schweigt und sein Blick schweift verloren in die Zimmerecke, in der sich der Müll fast bis zur Decke türmt. Der stechende Geruch übernimmt die Regie.

„Er muss hier schnell weg. Sofort in ein Krankenhaus", entgegnet Jürgen. Ihr ist etwas übel. Sie steht auf und öffnet das einzige Fenster des Raumes und schaut von oben auf die Autobahn. Die vorbei rauschenden Fahrzeuge wirken beruhigend auf ihr Gemüt. „Jens ist mein Bruder", sagt Jürgen leise und seine Stimme ist nicht die, die sie von ihm gewohnt war, sie ist brüchig, kratzig und eine tiefe Traurigkeit schwingt in ihr. „Er wurde vor zwei Wochen verletzt im Stadtpark aufgefunden. Fremdeinwirkung nicht ausgeschlossen, die Polizei ermittelt noch. Wir hatten bis vor drei Jahren gemeinsam eine Teppichwäscherei. Sie lief gut, zwei Familien konnten davon leben, bis Jens zu spielen begann. Zuerst hat das niemand gemerkt, doch dann fehlte häufig Geld in der Kasse. Um es kurz zu machen, eines Tages, stand der Insolvenzverwalter vor der Tür. Wir hatten nur noch Schulden. Ich war immer für den Kundenbereich und alles Laufende zuständig, er war offizieller Geschäftsführer und kümmerte sich um das Finanzielle. Jens stand zuerst auf der Straße bzw. lebte nur noch in Spielhallen und machte weiter Schulden. Seine Frau ließ sich sofort scheiden. Meine hielt noch bis vor kurzem zu mir. Diese Bude habe ich vor drei Monaten über das Arbeitsamt bekommen. Meine Schulden werde ich nie mehr zurückzahlen können."

Er stockte in seinem Redefluss und fingerte zwischen dem Müll eine Zigarette hervor und zündete sie an. Seine Finger zitterten. Sie versuchte seinen Blick zu erhaschen. Er konnte ihr nicht in die Augen sehen. Wie hatte sie seinen warmen, weichen Blick und seine braunen Augen gemocht, geradezu sexy gefunden. In ihrem Hirn rattert es, „ihn zu sich nehmen?", den Gedanken verwirft sie sofort. Wie helfen, was tun? Sie ist Ärztin, sie muss helfen. Ihr Blick verliert sich in dem Berg der aufgerissenen Medikamentenschachteln, ohne Brille kann sie nicht erkennen, was er eingenommen hat. „Wo ist deine Frau jetzt?", fragt sie ihn. Sein zusammengekauerter Körper zittert und mit tränenerstickter Stimme stammelt Jürgen: „Sie hat einen Neuen, er ist erfolgreich, hat Geld, ein Haus mit Garten und ..." Jetzt sind alle Schleusen offen, er schreit, heult, weint und dann ein Hustenanfall, der ihn fast ersticken lässt. Sie fischt ein Paket Papiertaschentücher aus ihrer Handtasche und gibt sie ihm. „Wie kann ich dir helfen?", flüstert sie und streicht ihm fest mit ihrer rechten Hand über seine linke Schulter.

In dem Moment ertönt der Türsummer.

Ein Alptraum 2

Sie schaut erschrocken hoch, in seine müden aufgerissenen braunen Augen. Hatten sie beide während seines dramatischen Ausbruchs die Klingel nicht gehört? Und wer hat auf den Summer gedrückt. Wo ist Jens? „Himmel", entfährt es ihr, „nicht noch mehr Überraschungen, ich verliere den Überblick!"

„Und wenn Jens meine Hilfe braucht, angeblich, macht er jetzt bitte keine Alleingänge und lässt hier irgendwen rein", denkt sie. Sie versucht Jürgens Blick einzufangen. "Wer könnte das sein?" Sein Abwenden lässt nichts Gutes ahnen. Weiß er, fürchtet er etwas? Sie fühlt sich in der Falle, aber es bleibt keine Zeit. Es wäre so albern und kindisch sich zu verstecken und doch so gut! Sie braucht nur beiseite zu rutschen und schon verschwindet sie hinter einem Berg Wäsche.

Es murmelt im Minivorflur. Es ist die Stimme von Jens und einer Frau. Jens Frau? Sie kennt sie. Flüchtig. Es war auf einer dieser Partys, die sie noch nie mochte, die jedes Mal Fluchtgedanken in ihr auslösten, sie öfter als nötig auf die Toilette gehen ließen, um sich den soften, und dennoch so anstrengenden Gesprächen zu entziehen. Jens und seine Frau schienen begehrte Gesprächspartner zu sein, hatten immer eine Gruppe um sich geschart, deren Köpfe eifrig nickten, deren Münder Fragen stellten, die sie, soweit sie sie hören konnte, hochgradig banal fand.

Umso erstaunter war sie, als sie dann Jens ,zufällig', das fragt sie sich jetzt, in der Küche traf und er sie ansprach, empathisch, zugewandt und das Gegenteil von oberflächlich. Jetzt weiß sie, warum sie innerlich angesprungen war. Er erinnerte sie an Jürgen. Klar, sie sind Brüder, das macht Sinn.

Langsam zählt sie innerlich eins und eins zusammen. „War es damals, im U-Bahnhof ,Hammer Kirche', gar kein spontanes Geschehen, sondern arrangiert, geplant?" Jens wusste, wo sie arbeitet und wie sie dorthin kommt. Das war Teil des Gesprächs und der Rest simple Detektivarbeit. Es lag damals gar kein wehrloser Obdachloser im Schlafsack, sondern ein Mann, der so tat und das war der Bruder von Jürgen, der auch nur so tat, als würde er die

Situation souverän lösen, alles Schauspiel? Was wollten die Brüder von ihr und was wollen sie immer noch?

Die Frau kommt ins Zimmer und spricht sie wie selbstverständlich an. Natürlich weiß sie, dass sie da ist, wie albern sich hinter die Wäsche zu hocken!

Auch sie sieht anders aus als damals, ganz abgesehen von Jens, der nur noch ein Schatten seiner damaligen Erscheinung ist, nur getoppt von Jürgen, was sie bis ins Mark trifft.

Wurde ihr nicht gerade erzählt, dass Jens und seine Frau schon lange geschieden sind, klang so als sei sie ‚über alle Berge'. Sieht gerade anders aus.

Es gibt hier nichts, was sicher ist, was sie glauben kann, was auch beim zweiten Mal hingucken noch da ist. Es ist wie im Traum, wie im Alptraum, einer von denen, die nicht enden, sondern immer noch mehr aufdrehen und immer abstruser werden.

Plötzlich hat sie eine Eingebung. Hier sind Drogen im Spiel! Natürlich, die ganze Energie im Raum und der Akteure hat was von einem Trip! Halluziniert sie auch schon? Nein, aber der Nebel färbt ab, das weiß sie. Wenn man es mit Menschen zu tun hat, die Drogen nehmen, ist das eigene Bewusstsein und die eigene Klarheit auch stark eingeschränkt.

Sie reißt sich zusammen, bringt ein Lächeln zustande, glaubwürdig muss sie nicht sein, Menschen unter Drogen haben sowieso eine eingeschränkte Wahrnehmung.

„Ich geh mal schnell die Nase pudern." Sie muss trotz dieser ekelhaften Situation innerlich über sich lachen, wie kommt sie denn gerade auf den Spruch, den hat sie noch nie vorher gebracht!

Betont ruhig und würdevoll geht sie in Richtung Bad, dreht dann blitzschnell nach links, erreicht zielsicher den Türdrücker, hat richtig geraten, oder erinnert, die Tür geht nach innen auf, und rast nach links zum Fahrstuhl. Was jetzt? Was tun Menschen in Filmen? Schreien? Der Fahrstuhl wartet nicht, warum sollte er auch, also die Tür mit dem Notausgangschild. Sie fliegt die Treppen runter, erinnert sich an Träume, wo man mit Leichtigkeit viele Stufen auf einmal runterschwebt, losgelöst von üblicher Schwerkraft. Unten angekommen registriert sie dankbar, dass niemand sie verfolgt. Eigentlich auch klar, die drei waren viel zu zugedröhnt.

Mit dem Bus fährt sie weiter aus der Gefahrenzone und langsam sortieren sich ihre Gedanken. Was könnte es anderes sein als ein abgekartetes Spiel? Und dann fällt es ihr wie Schuppen von den Augen.

Sie hatte in dem Gespräch mit Jens damals erwähnt, dass sie Oberärztin auf einer Intensivstation sei und dass sie jedes Mal wieder abwägen würde, einem sterbenden Menschen Drogen zu geben, was natürlich bei Schmerzen und Luftnot für sie gar keine Frage ist. Das hat sie jetzt davon. Jens hatte sich das gemerkt und als er, und sein Bruder und seine Frau immer weiter abrutschten und immer mehr Drogen brauchten, war sie ihm wieder eingefallen, mit dem direkten Draht zum Giftschrank.

So denn, eine plausible Arbeitshypothese. Sie weiß, dass Menschen so etwas brauchen, um zu verarbeiten, und jetzt gerade braucht sie eine gute Erklärung.

Buch 2
Der Vorhang fällt

Ohne Netz und doppelten Boden

Ohne Netz und doppelten Boden

„Wenn es einfach ist, dann ist es keine Entscheidung." Egal, wer das mal gesagt hatte. Mereth seufzte tief. Eine Entscheidung stand an und wie immer, wenn es ihr persönliches Leben betraf, dann lief das Gedankenkarussell endlos im Kreis. Was wäre, wenn? Wie würde sich diese oder jene Weichenstellung auswirken? Sie schüttelte den Kopf über sich selbst. Das ging nicht nur Tage so, sondern Wochen, manchmal Monate, bis irgendetwas eintrat, das den nächsten Schritt nach vorne einfach machte. Im beruflichen Alltag fielen ihr Entscheidungen nicht schwer. Sie musste öfter mal umpriorisieren, bestimmte Aufgaben nach hinten stellen, andere knapper erledigen, damit genug Zeit blieb für das Thema, das auf einmal in den Vordergrund rückte. Wie oft schon hatte sie ihre Mitarbeiterinnen darauf hingewiesen, sich jetzt nicht mit dieser oder jener Sache aufzuhalten, sondern das drängende, wichtige, vielleicht sogar mit dem Abwenden einer Gefährdung verbundene Thema anzugehen. Immer wieder wunderte sie sich, woran sich die Kolleginnen festhielten, wenn doch so offensichtlich war, welche Frage gerade unbedingt bearbeitet werden musste.

Für ihr persönliches Leben wünschte sie sich gelegentlich jemanden, der die Rolle des auf

Entscheidung drängenden Chefs übernähme, mit Hinweis darauf, was doch jetzt so deutlich vornan stand. Aber eigentlich wollte sie das doch nicht, wenn sie es recht überlegte, lieber des eigenen Glückes Schmied sein. ‚Entscheiden heißt verzichten'. Noch so ein Spruch. Ja doch, wer sich entschied, verzichtete auf tausend Möglichkeiten. Sie fühlte sich ‚ratlos in der Zirkuskuppel'. Von wem stammte das? Ach ja, ein Kollege sagte das gelegentlich. Artisten in der Zirkuskuppel können sich Ratlosigkeit nicht leisten. Wer am Trapez schwingt, muss im vereinbarten Moment loslassen, um vom Gegenüber sicher aufgefangen zu werden. Wer dabei nur einen Moment zögert, vermasselt alles und provoziert einen Absturz. Meist gab es dort immerhin ein Netz, das den Sturz milderte.

Sie bezeichnete für sich selbst zwar den Berufsalltag schon mal als Zirkus, aber als Artistin in der Zirkuskuppel musste sie sich zum Glück nur sehr selten fühlen. Mereths Gedanken wanderten weiter. Farbfeldmalerei auf überraschend breiten Leinwänden, das erinnerte sie noch von dem Atelierbesuch. Wie lange lag der zurück? Mehr als zwanzig Jahre, rechnete sie nach. Fragend stand sie damals vor den Bildern von Margaret Kelley, Artist in Residence in Worpswede. Emotional anknüpfen konnte sie zunächst nicht an den Werken der Künstlerin. Der

Bilderzyklus, an dem die Amerikanerin arbeitete, trug den poetisch klingenden Titel ‚A leap of faith'. Nein, das sei nicht Poesie, sondern ein gängiger Ausdruck der amerikanischen Sprache, antwortete sie auf die Frage einer Besucherin. Glaubenssprung? Die Gäste sahen die Malerin fragend an, als sie zu erklären versuchte, was der Ausdruck und damit ihre Bilder sagen wollten. Ein Wörterbuch war nicht zur Hand, man konnte nicht einfach nachsehen, was die richtige Übersetzung ins Deutsche war. Sprung des Vertrauens, Sprung aus Vertrauen, Sprung im Vertrauen darauf, dass er gelingt, ins Ziel findet?

Beim genaueren Hinsehen entdeckte Mereth brückenähnliche Gebilde in den Malereien – und Boote. Weite Entfernungen überspannten die Brücken, unmöglich könnte ein Mensch sie im Sprung überwinden. Vielleicht wollte die Malerin die große Kraft zum Ausdruck bringen, die ein solcher Sprung erfordert, den Mut, den der Springende dafür aufbringen muss? Das Ringen der Malerin um sprachliche Verdeutlichung dessen, was der Bildtitel sagt, ist Mereth deutlich in Erinnerung geblieben. Ebenso ihre eigenen Fragen an die Bilder. Ob die Amerikanerin sich in Worpswede, diesem norddeutschen Nest im Moor, vielleicht fehl am Platze fühlte? Zwar war der Tag des Atelierbesuches ein strahlend schöner Herbsttag. Aber neblig-graue Zeiten gab es dort bestimmt genug, an denen die Malerin meinen konnte, etwas zu mutig in ferne Welten gesprungen zu sein aus ihrem heimischen Kalifornien.

Auch an Artisten in der Zirkuskuppel dachte sie damals beim Betrachten der Bilder von Kelley. Mit Schwung am Trapez ließen sich die gemalten Entfernungen wohl überbrücken. Aber wie dann landen? Netz oder doppelten Boden hatte sie nicht gemalt. Mereth kann auch nach über zwei Jahrzehnten noch die Mischung aus Mut und Unsicherheit, der erforderlichen Kraft des Sprunges und der Zuversicht, dass er letztlich doch gelingen werde, in sich wachrufen, die damals aus dem Betrachten der Bilder und insbesondere den sprachlichen Erklärungsversuchen der Malerin in ihr entstanden. Sonst wären diese Erinnerungen wohl nicht gerade jetzt aufgestiegen, da es – einmal wieder – um eine grundsätzliche Richtungsentscheidung in ihrem Leben geht.

Erster ‚Glaubenssprung‘ damals in der Schule, als die Leistungsfächer auszuwählen waren, was sie ohne Blick auf die mögliche Wahl ihrer Freundinnen tat. Einsam spazierte sie von Kurs zu Kurs durch die Schule. Zweiter ‚Glaubenssprung‘ bei der Wahl des Studienfaches, das kein anderer ihres

Jahrgangs wählte. Drei Studienortswechsel und immer wieder Neuorientierung, Einsamkeit, Aufbau neuer Freundschaften. Das – immerhin – gelang jedes Mal, und der Horizont weitete sich. Würde das jetzt auch wieder so sein? Heute, endlich, schaut Mereth nach, was die richtige Übersetzung ist von ‚leap of faith'. Was sind die Deutschen doch für Buchhalter in Vertrauensdingen! Vertrauensvorschuss heißt es – ausgehändigt, sorgsam notiert, um ihn später wieder einzufordern. Nein, das ermuntert nicht zum Sprung. Dann doch lieber ‚leap of faith' dachte sie – nun spring endlich, triff Deine Entscheidung!

Und dazu noch die Sprachlosigkeit

Und dann war alles ganz einfach. Dreigleisig wurde beendet, was der Entscheidung im Weg stand. „Komisch", dachte ich, erstaunt über mich selbst als mir klar wurde, dass der Abschied von der geliebten Eigentumswohnung mehr schmerzte als der Rückzug aus der längst brachliegenden Beziehung. Beides wurde noch getoppt von der Notwendigkeit, die Kunden aufzuteilen. Die Vorstellung, wie sie sich schnell an die neuen Partner gewöhnten, erzeugte in mir ein Gefühl von Eifersucht. Es tat fast körperlich weh. Mit dem Schritt, mich endgültig aus der kleinen, feinen Beratungsfirma zurückzuziehen, zog ich den Bolzen aus dem Konstrukt, das mein Leben materiell gesichert hatte. „Noch mal komisch", dachte ich. Wie leicht es war, Bindungen zu lösen, deren Ertrag sich in Liebe und Geborgenheit zeigte, im Gegensatz zur Trennung aus Verbindlichkeiten, die von Pragmatismus geprägt waren und von materieller Relevanz. Wieder ein neuer Anfang. Wieder verließ ich. Wieder ging ich meinen eigenen Weg. Aber dieses Mal war es anders. Mit dem Sprung ins Ungewisse und mit der Entscheidung, neu zu beginnen, stellte sich Gelassenheit ein. Die radikale Entwurzelung wurde von etwas Unbekanntem begleitet. Ich fühlte mich geerdet. „Entscheiden heißt verzichten? Nein. Sich nicht entscheiden, macht es unmöglich, neue Erfahrungen zu machen."

‚Take The A Train', der Duke Ellington Song war ein verlässlicher Ohrwurm, sobald ich das Flughafengebäude verließ und am Eingang die aufgereihten gelben Taxis sah. Ich ging an der Schlange wartender Menschen vorbei zum Air Train, der mich zur Subway nach Manhattan brachte. Die Linie A verbindet die Stadtteile Queens, Brooklyn und Harlem mit ein ‚Single Ride' für $ 1,50.

An der 110ten, am Broadway, schleppte ich meinen kleinen Koffer die grauen, immer verdreckten

Stufen zum Broadway hoch. Meine Freundin Uli stand gegenüber am Deli. Als ich am Times Square umstieg, hatte ich sie vom Telefon auf dem Bahnsteig angerufen. Nun wurde ich erwartet, mit großer Freude, wie es schien und mit einem Becher ‚Doubleshot Espresso on Ice' mit viel Milch, so wie ich es am liebsten habe. Ein Glücksgefühl flog in den heißen Himmel zwischen Hudson River und Central Park. „Hi Schätzchen, wie geht es Dir? Hattest Du einen guten Flug? Ist es auch so heiß in Deutschland? Du siehst gut aus. Morgen gehen wir in den Park. Annette und Ian sind auch am Treffpunkt. Sie freuen sich auf Dich." Sie gab mir den Kaffeebecher und einen tiefroten Kuss auf die Wange. Ich war angekommen im ‚Nichts'. Kein Job, keine Wohnung, keine Idee von Zukunft. Aber in diesem Moment senkte sich Freundschaft und Geborgenheit in die leere Hülle und füllte sie wie das edle Innenfutter einer teuren Tasche. Vier Tage Schonfrist auf Ulis Coach im Wohnzimmer bis zu den ersten Gehversuchen im ‚Nichts'.

Am Telefon ging es noch ganz gut. Ich hatte mir ein paar Notizen gemacht, bevor ich mich in der ‚Worklodge PointB' am East River in Williamsburg ankündigte. „Wenn sich nichts mehr bewegt, weil alles gedacht und durchgespielt ist, dann hast du nur eine Chance, du musst deine Kreativität aktivieren." Um dieser Weisheit Gewicht zu verleihen, hatte Siggi mir vor Jahren eine Anmeldung zur Kunstschule über meinen Schreibtisch geschoben. Darauf folgten drei Semester freie Malerei, „die jetzt zum ersten Baustein in eine neue Zeit werden", dachte ich, als ich das Telefongespräch mit Mark Parrish beendete. Der zeigte mir am Nachmittag das umgebaute Fabrikgebäude und führte mich in einen riesigen Raum mit einer Deckenhöhe von sechs Metern, in dem auf halber Höhe eine Schlafebene eingezogen war. Duschbad, Kochzeile und ein kleiner Schreibtisch nahmen nicht mehr als ein Fünftel des Ateliers ein. Mir fiel auf, dass drei Ventilatoren eingeschaltet waren, die vergeblich versuchten, die Hitze zu vertreiben. Mark erläuterte mir die kreativen Möglichkeiten seines Projekts und seine eigenen Erfahrungen als Künstler. Ich blieb stumm. Alle meine Sätze wurden im Kopf vorformuliert und blieben dann, wie voneinander unabhängige Fragmente eines Ganzen, im Raum stehen. Ich kapitulierte, mal wieder, vor meiner Sprachlosigkeit, die immer entsteht, wenn ich versuche, meine deutschen Worte in eine fremde Sprache zu übersetzen. Das wöchentliche Treffen aller im Haus residierenden Künstler ließ ich vorüberziehen und verbrachte diese Zeit wie jeden Abend vor einem riesigen Arbeitstisch zwischen zwei Ventilatoren auf höchster Stufe.

Ich blieb allein. Nie konnte ich die Scham des verpatzten Einstiegs überwinden. Ich blieb stumm. Man akzeptierte meine selbst gewählte Einsamkeit mit höflicher Distanz. Die Zeit schlich um mich herum. Morgens stieg ich mit einem ‚Doubleshot Espresso on Ice' an der Bedford Ave in die Linie L nach Manhattan, um Material zu besorgen und am frühen Abend zog ich durch Williamsburgs trashiges Industrieviertel auf der Suche nach Inspiration. Ich liebte es, wenn am anderen Ende des Flusses die Lichter der Skyline entflammten.

„New York hat keine Motive für mich", jammerte ich am Telefon und Uli schlug vor, dass ich sie von der Arbeit abhole. Das Bertelsmann Corporate Center lag mitten am Times Square. Wir gingen zu Fuß. „Es sind nur etwas über 60 Blocks", beschwichtigte Uli meine Bedenken. „Und die meiste Zeit gehen wir durch den Park." Um nicht gleich wieder in meine depressive Stimmung zu verfallen, erzählte ich ihr von meinem Abenteuer, allabendlich auf Downtown Manhattan zu blicken. Zuerst dachte ich, sie sei besorgt, weil ich allein durch diese unbewohnte Gegend am Fluss ging, aber dann sah ich ihre Tränen. Schweigend liefen wir bis ans Ende des Parks, dort wo Harlem anfängt und die Obdachlosen auf den Stufen der Cathedral of St.

John the Divine auf eine kostenlose Mahlzeit warteten.

Ich hatte es verdrängt. ‚Nine-Eleven' war für mich überstrapaziert. ‚Ground Zero' kein Ort, an den es mich hinzog. Aber es war weniger als ein Jahr her, dass die Türme in sich zusammenfielen. Uli weinte, als sie mir im Park von diesem Tag erzählte. Ihre Tochter Annette trauerte noch immer um tote Kolleginnen. In den Medien wurden Pläne für die Rekonstruktion des leeren Platzes in Downtown diskutiert. Alle New Yorker waren aufgerufen, sich an der Entscheidung zu beteiligen. Natürlich war ich beeinflusst von der Energie des ‚Nine-Eleven' hier in dieser Stadt und insbesondere von den Menschen, die mir nahestanden. Ich musste einen Weg finden mit Respekt für die Situation und mir dabei selbst alle künstlerische Freiheit zugestehen, um dieses für mich so schwierige Thema in Bildern ausdrücken zu können.

Meine Suche führte mich nach Queens in das ausgelagerte MOMA. Das Museum of Modern Art in Manhattan wurde umgebaut und fand zeitweilig Unterkunft in riesigen Fabrikhallen. „Wie ich", dachte ich, als ich von der Station durch Straßen ging, die sonst kein Tourist ohne Grund durchstreifte. In der ersten Halle empfing mich Claude Monet mit seinen Seerosen, ich fühlte mich sofort wie zuhause. Und dann fand ich den Schlüssel, der mich aus meiner Irritation erlöste: die Reproduktion einer Schwarz-weiß-Fotografie mit dem Maßen 100x100m auf einem Endlosposterstapel, der jeden Tag wieder aufgefüllt wurde, weil sich die Besucher an den Reproduktionen bedienen konnten. Mit einem Blick hatte ich erfasst, dass sich hier das Format der Türme spiegelte. Ich musste die Papiere nur teilen. „Ich male, was ich sehe und fühle", nannte ich die Bilderserie im Format 50x100.

„Nächste Woche machen wir eine gemeinsame Ausstellung", Mark Parrish stand im Raum und schaute auf die Serie von Bildern, die an der Wand hingen. „Ich hoffe, Du bist dabei?" Es blieb eine Frage, denn auch nach fast sechs Wochen konnte ich die Kontaktversuche nicht erwidern. Wieder stand ich vor einem Projekt, das ich erfolgreich vollenden könnte und nie war mir deutlicher, dass es unfertig war. Ich war produktiv, zielgerichtet und …? Es fehlte etwas. Ich bekam Heimweh. Sehnsucht nach Nähe, nach Streit, nach Auseinandersetzung, nach Versöhnung. Ich bin ich durch mich? Noch so ein Betrugsversuch mit einem selbst gestrickten Glaubenssatz. Nein, es gibt andere Wege, sich mit sich selbst zu versöhnen.

Noch bevor mein Flug nach Teneriffa bestätigt wurde, schrieb ich eine Mail an Eyke. „Lieber Eyke, ich schaffe es nicht alleine. Komme am Freitag, Mereth."

Auf dem Weg

Ich sitze am Gang im Flieger, neben mir ein graumelierter älterer Herr. Ich bin nervös, sicher sieht man mir die schlaflose Nacht an. Aufgewühlt bin ich, laufend fällt mir etwas herunter. „Angst vorm Fliegen?" Mein Nachbar schaut mich mit warmen braunen Augen an. „Oh nein. Oder vielleicht doch, aber im übertragenen Sinne." Ich sehe ein Fragezeichen in den braunen Augen. Das so freundlich interessierte Verhalten meines Nachbarn fegt auf einmal alle Sprachlosigkeit hinweg, mein Kiefer lässt locker. Ich blicke, fast unbewusst, in seine Augen und prüfe in Sekundenschnelle, ob ich ihm vertrauen kann. Ein befreites Seufzen lockert meinen Brustraum, noch ein keckes: „Wollen Sie wirklich meine Geschichte hören?" Dann sprudele ich los, erzähle von meiner New Yorker Enttäuschung, meinem Sprung ins Ungewisse, meiner Hoffnung, bei Eyke wieder Kraft und Kreativität zu finden. Es ist, als ob der fehlende Schlaf und die väterliche Zuwendung Gehirnbarrieren öffnen. Wie unter einer Lupe fokussiert sich mein Blick auf die vergangenen Jahre bis zu diesem radikalen Bruch.

Ein Strudel reißt mich mit sich fort, losgelöst kann ich nicht mehr bestimmen, wohin die Reise geht. Wirbelnd ordnen sich die Ereignisse und zu meiner eigenen Überraschung lande ich immer wieder bei meiner Arbeit. Eindeutig erscheint dagegen meine gescheiterte Beziehung. Wir hatten die Wertschätzung füreinander verloren. Es war schon immer so gewesen, dass wir keine gemeinsamen Interessen hatten, aber wir konnten irgendwann wirklich nichts mehr miteinander anfangen. Er hätte sich nicht von mir getrennt, da er die Bequemlichkeit unseres gemeinsamen Lebens, die materielle Sicherheit, ja, den Luxus liebte. Er würde dieses ‚Arrangement' von Pragmatismus ohne Liebe weiterleben. Ich konnte und kann das nicht und das ist auch gut so. Ja, die Wohnung zu verlieren, tat weh, aber ich würde schon etwas neues Schönes finden.

Ich bin ich durch mich? Wieder taucht diese Frage auf. Ich rede weiter, erzähle alles, was mir in den Sinn kommt. Bei der Frage wird Braunauges Blick intensiver, er scheint etwas sagen zu wollen, aber ich rede weiter, stelle mich der Frage. „Momentaner Stand der Antwort ist: Ich bin ich durch mich, aber auch durch viele andere Menschen. Ich bin geworden und werde doch immer eine Neue oder Erweiterte durch neue Begegnungen und Erfahrungen." Er lacht. „Sie sind ja eine Philosophin, ich freue mich, eine Kollegin zu treffen." Er scheint eine Zuhörerpause zu brauchen und ich komme wieder in die Realität, gehe in den direkten Kontakt mit meinem Gegenüber. „Wenn ich das fragen darf, was machen Sie beruflich?" „Ich bin philosophischer Berater." Erstaunt blicke ich ihn an. „Na, dann bin ich ja in guten Händen." Ich streiche meinen Businessanzug glatt und strecke meine Beine zum Gang aus. Das tut gut. Danach recke ich meine Arme, mich lang zu machen, hebt meine Stimmung. „Wie wäre es mit einem Glas Champagner auf den Neustart?" fragt er. Wir stoßen an.

Ich trinke das Glas schnell leer, hoffe auf die betäubende Wirkung und wünsche mir innere Ruhe. Der Champagner löst die vielen Abschiedstränen, das Wasser, das sich hinter meinen Augen angesammelt hat. Ich spüre die Trauer und eine unendliche Müdigkeit, nehme das erste Mal seit Wochen meine Erschöpfung und meine Sorge um die Zukunft wahr. Habe ich wirklich die Kraft für einen Neubeginn? Mein Nachbar legt den Arm um mich und sagt: „Schlafen Sie, das wird Ihnen guttun."

Erstaunlicherweise lasse ich mich einfach fallen und schlafe sofort ein. Im Schlaf oder Halbschlaf erscheinen verschiedene Bilder vor meinen Augen. Ich bin auf meiner Arbeit und unterhalte mich mit meinem Kollegen, mit dem zusammen ich die

Beratungsfirma geleitet habe. Irgendetwas beunruhigt mich, ich sehe, dass er bei der Erwähnung eines Kunden leicht rot anläuft. Dann höre ich ihn fragen: „Ab wann verjährt Unterschlagung?" Beim Thema der gemeinsamen Steuererklärung schlägt er zu meiner Überraschung vor, dass er die Vorbereitung übernimmt. Danach Bilder von meinem Lebenspartner, der mich nur fassungslos und kopfschüttelnd anguckt. „Du wirst dafür einen hohen Preis zahlen", sagt er. Ich höre es und denke: „Na und?" Danach bin ich im MOMA, schwimme zwischen den Seerosen von Monet, am Ufer winken mir meine deutschen Freundinnen und Freunde zu. Ich schwimme aber im Kreis. „Aufwachen!" Braunauges sanfte Stimme reißt mich aus meinem Schlaf. „Wir landen gleich in Madrid." Ruckelnd und wackelnd setzt das Flugzeug auf. „Bin ich jetzt angekommen, oder sind meine Runden zwischen den Seerosen noch nicht vorbei?", frage ich mich lautlos. Mein Sitznachbar holt sein Handy aus der Tasche und lächelt mich an. „Machen Sie es gut, es wird schon, ich muss mich beeilen, mein Taxi wartet schon." Anscheinend reist er ohne Koffer. Ich komme unbehelligt durch die Passkontrolle und suche die Gepäckausgabe, der Flughafen ist wie immer unerträglich voll. In zwei Stunden geht mein Flieger nach Teneriffa.

Beim Anflug erfüllt mich Vorfreude. Endlich werde ich meinen Freund Eyke wiedersehen, auf der Insel mit den schwarzen und goldgelben Sandstränden und dem erhabenen Teide. Eyke steht vor seinem alten Seat, als ich aus dem Flughafengebäude komme. Er strahlt wie ich, nachdem er mich erspäht hat. „Das Atelier und der Vino warten schon auf Dich." Zärtlich nimmt er mich in den Arm. Seine Augen schauen danach fragend auf mich. „Du siehst gut aus und gar nicht, als ob Du dringend Hilfe brauchst." Ich lache. „Du wirst es nicht glauben, aber im Flieger ist mir ein Engel mit braunen Augen erschienen, der hat meinen ‚Hoffnungstank' schon wieder gefüllt." Und dann: „Ich werde übrigens nicht lange bleiben können. Mir ist klar geworden, dass ich zuhause noch etwas erledigen muss, was nicht mehr aufzuschieben ist." Ich bin mir ganz sicher: Das ist mein ‚leap of faith'.

Im Netz gelandet

Drei Tage später fuhr Eyke Mereth wieder zum Flughafen. „Ich danke Dir sehr, mein Fels in der Brandung. Wie Du das schaffst, meine Salti so gelassen zu nehmen und ein Netz zum Landen vorzubereiten, selbst dann, wenn ich noch im Flug versuche, die Richtung zu ändern, das ist wirklich großartig." Eyke lächelte: „Das Netz hier lasse ich für Dich aufgespannt, wenn Du einmal wieder nach einem Salto eine kurze Pause machen möchtest. Und jetzt gute Reise und vor allem Erfolg bei Deinem dringenden Vorhaben!" Noch eine Umarmung, dann strebte Mereth auf die Abflughalle zu. Vier Stunden Flug lagen vor ihr, Zeit genug, um die Gedanken noch einmal zu ordnen.

Was für ein großartiger Zufall, dass Roberta ihr gestern per Mail fast verzweifelt die Frage gestellt hatte, wo sie nur das Geld für ihre Hamburger Wohnung hernehmen sollte, wenn sie jetzt für sechs Wochen zum Malen in das kleine Kloster an der französischen Atlantikküste führe. Mereth würde solange als Untermieterin einziehen, Roberta wäre die Mietkosten los. Am Hamburger Flughafen stieg Mereth in die S-Bahn, einmal Umsteigen, dann Ausstieg an der Osterstraße. Ja, sie hatte den richtigen Aufgang erwischt. „Übrigens auch schmuddelig, aber nicht so sehr wie in New York", dachte sie. Zügig ging sie zu Robertas Wohnung. Die netten Nachbarn gegenüber, Meyers, würden ihr den Schlüssel geben, hatte Roberta geschrieben.

Mereth stellte ihren kleinen Koffer in der Wohnung ab, schaute sich einmal um, nickte zufrieden und startete umgehend zur nächsten Mission. Irgendwas sagte ihr, das müsse jetzt sofort geschehen. Sie ging zurück zum U-Bahnhof, einmal Umsteigen, das letzte Stück mit dem Bus Nr. 5, und schon stand sie an der Tür zu ihrem früheren Büro. Sie war sicher, der Kollege würde da sein. Er öffnete auf ihr Klingeln und blickte Mereth ziemlich verdutzt an. „Hallo, darf ich reinkommen? Kannst Du mir bitte die Steuererklärung geben? Ich möchte meinen Part prüfen und unterschreiben, dann kannst Du sie einreichen." Wieder dieses leichte Erröten bei ihrem Gegenüber, ein schwacher Versuch der Abwehr, den sie aber gar nicht erst aufkommen ließ. „Keine Sorge, mir geht es nur um meinen Anteil. Was Du mit Deinen Kunden vereinbart hast und wie Ihr abrechnet, das ist Dein Karma, nicht meins. Bring mir doch die Unterlagen zu dem kleinen Tisch im Besprechungszimmer. Ich brauche nicht mehr als zwei Stunden. Dann bin ich wieder weg." Er legte ihr die Ordner und die Unterlagen der Steuererklärung hin. „Ach ja, hier habe ich noch eine Sache", meinte Mereth. „Aus dem Projekt mit Meyer und Schade im vergangenen Jahr steht mir noch ein Betrag zu, 500 meine ich." Der Kollege nickte. „Willst Du mir das überweisen oder hast Du es vielleicht sogar in bar da? Die Rechnung können wir zum Quittieren nutzen." Wieder nickte der Kollege. „Und was das jetzt laufende Jahr betrifft, habe ich bei drei Projekten Input geleistet, aus dem mir noch Honorare zustehen. Du hast meinen Zugriff auf das früher gemeinsame Geschäftskonto schon gestrichen. Also bitte ich Dich um Überweisung. Hier ist die Rechnung. Meine Bankverbindung steht drauf. Könntest Du bitte hier auf der Kopie eben notieren, dass ich Dir die Rechnung übergeben habe?" Nochmal nickte der Kollege und griff zum Stift.

Mereth bat ihn noch um ein Glas Wasser und machte sich daran, die Unterlagen für die Steuererklärung durchzusehen. „OK, das kann ich unterschreiben", murmelte sie nach etwas mehr als zwei Stunden. „Ist zwar nicht alles 100-prozentig, aber da passiert nichts." Und wenn doch, würde es nicht zu ihren Lasten gehen. Sie sagte ihrem Kollegen tschüss und wünschte ihm weiter guten Erfolg. Als sie auf der Straße stand, atmete sie tief und sehr erleichtert durch. Das wäre nun auch sauber geklärt, keine Altlasten, und sie hätte für einige Wochen die Mittel, um sich zu sortieren. Ihr nächstes Projekt hieß Wohnungssuche. Robertas Wohnung stand ihr für sechs Wochen zur Verfügung, war aber zu klein, als dass sie dort zu zweit würden hausen können. Eine kleine Wohnung hatte aber den Charme geringer Fixkosten, überlegte Mereth. Also würde sie auf die Suche nach etwas Ähnlichem für sich selbst gehen. Sie würde rechnen und planen, wie viel sie unbedingt verdienen müsste und womit. Und Morgen würde sie bei der Leuphana anrufen und fragen, ob man für das Mentoring-Programm dort im kommenden Semester noch Unterstützung brauchte. Die Anfrage, die sie dazu bekommen hatte, lag noch nicht lange zurück. Das könnte klappen. Und wenn es nur für ein Halbjahr liefe, kein Problem. Bis dahin wären die nächsten Schritte klar. Kreatives Schreiben, das wär's doch, darüber hatte sie in der Zeitung auf dem Rückflug von Teneriffa einen Bericht gelesen. Das Programm an der Schule in Berlin klang wirklich spannend. Wer war eigentlich Alice Salomon gewesen? „And the future is bright open", summte sie vor sich hin, als sie von der U-Bahn-Station Osterstraße zu Robertas Wohnung lief.

Von Opfern und Tätern

Der Handschuh

Kim öffnet ihre Zimmertür und stutzt. Was ist das? Vor ihrem Bett auf dem Fußboden liegt etwas – etwas Schwarzes. Sie könnte schwören, dass es heute Morgen, als sie das Haus verließ, noch nicht da war. Sie findet das sehr unheimlich, denn sie ist sicher, dass sie ihre Tür abgeschlossen hatte. Ja, bestimmt hatte sie sie abgeschlossen. Sie schließt sie immer ab, wenn sie aus dem Haus geht und das hat sie sicher auch diesmal getan. Kim nähert sich dem Ding vorsichtig und erkennt einen schwarzen Latexhandschuh. Einen weiteren sieht sie nicht, nur den einen. Erschrocken schaut sie sich in ihrem Zimmer um. Jemand muss hier gewesen sein – während ihrer Abwesenheit! Fehlt etwas? Sie inspiziert alles genau, schaut in die Schublade mit dem Schmuck, holt die Bonbondose mit dem Bargeld aus dem Schrank, schlägt den Ordner mit den einsortierten Kreditkarten und Ausweisen auf. Alles ist da. Nichts fehlt. Auch ihre teuren Fachbücher stehen ordentlich in Reih und Glied im Regal. Der Laptop liegt zugeklappt und ausgeschaltet auf dem Schreibtisch. „Ich hatte doch abgeschlossen", denkt sie, „wie kann es sein, dass jemand in meinem Zimmer war?" Da fällt ihr wieder ein, dass ihr Bett schon einmal so aussah, als hätte jemand, während sie nicht da war, darauf gesessen. Da war sie gerade erst eingezogen. Sie macht ihr Bett immer ganz ordentlich, bevor sie geht. Und sie schließt immer ab. In der Küche trifft sie die beiden Mitbewohnerinnen dieser auf Zeit angelegten Zweck-WG. Sie sprechen kaum Deutsch, nur etwas gebrochenes Englisch und ihre Muttersprache Chinesisch. Durch die Mundschützer hindurch versteht sie noch weniger als sonst, aber es wird deutlich, dass beide ihre Frage nach dem schwarzen Handschuh verneinen. Sie würden so etwas nicht besitzen. Kim ist sich nicht sicher, ob sie ihnen glauben soll. Die beiden benehmen sich schon die ganze Zeit merkwürdig. Die Küche ist nie aufgeräumt, der Müll wird kaum rausgebracht, sie sitzen oft bis tief in die Nacht in der Küche am Tisch und starren auf die Bildschirme ihrer Laptops. Ist das studieren? Auch mit der Sauberkeit im Bad ist Kim nicht zufrieden. Kim würde viel lieber in einem Studentenwohnheim wohnen, aber es gibt zurzeit keine freien Zimmer. Und jetzt auch noch das Virus! Letzte Woche rief ihre Mutter aus Vietnam an und bat sie, unbedingt Hygienemaßnahmen zu ergreifen, damit sie sich nicht anstecke. Kims Familie gehört zu den Bessergestellten in Vietnam. Beide Elternteile arbeiten und haben in ihr einziges Kind sehr viel investiert. Schon in der Grundschule bekam Kim Deutschunterricht, weil klar war, dass sie einmal in Deutschland studieren sollte wie ihre Cousinen. Und nun ist sie kaum ein halbes Jahr hier und dann das. Ihre Mutter macht sich große Sorgen. Mit Mundschützern laufen hier in der WG ja schon alle rum, aber das ist der Mutter nicht genug. Kim soll sich Desinfektionsmittel kaufen und die Wohnung reinigen. Wenn die Mutter wüsste, wie schwer es ist, derzeit an das Mittel heranzukommen. Alles ist ausverkauft. Aber ihre Mutter hat Recht. Immerhin geht hier in dieses Haus jeder mit Schuhen rein und raus. Deshalb hat Kim sich bemüht, eine von den rationierten Hygienesprayflaschen zu ergattern. Und heute hat sie, bevor sie aus dem Haus ging, den ganzen Fußboden gereinigt. Dann ist sie zur Uni gefahren. Und jetzt ist sie zurück und neben ihrem Bett liegt dieser schwarze Latexhandschuh. Was soll sie denn jetzt machen? Langsam macht sich Panik in ihr breit. Sie nimmt die Sprühflasche und besprüht den Handschuh und noch mal den Fußboden ihres Zimmers. Sie kontrolliert ein weiteres Mal das Fenster zur Straße. Es ist fest verschlossen. Sie ist die Einzige, die im Erdgeschoss ein Zimmer hat. Die anderen wohnen oben. Es muss jemand hier gewesen sein! Doch wie ist derjenige hereingekommen? Sie hatte doch alles abgeschlossen, ganz sicher. Vielleicht gibt es noch einen zweiten Schlüssel? Oder mehrere? Wie viele Schlüssel gibt es denn von diesem Zimmer? Die Mitbewohner danach zu fragen, erscheint ihr zwecklos. Selbst wenn sie es wüssten, würden sie sich nicht selbst verraten. Kim geht in die Küche und schreibt die Telefonnummer der Hausverwalterin mit zitternden Fingern ab. Dann verschwindet sie schnell wieder in ihrem Zimmer und wählt die Nummer. Sie entschuldigt sich erst mal dafür, dass sie noch so spät anruft, es ist schon nach 22.00 Uhr. Dann bricht es aus ihr heraus. Die ganze Angst, dass es hier nicht mit rechten Dingen zugeht, und ihre Hilflosigkeit finden ihren Weg. Tränenerstickt erzählt sie, was sie erlebt hat und fragt, wer noch alles einen Schlüssel für ihr Zimmer hat. Die freundliche Dame am anderen Ende der Leitung versucht Kim zu beruhigen. Sie sagt, dass das Haus Sicherheitsschlösser habe und in einer sicheren Wohngegend liege. Vielleicht habe Kim vergessen abzuschließen. Nein! Das hatte sie ganz bestimmt nicht! Und wo kommt der schwarze Handschuh her? Niemand weiß es! Dafür werde es sicher eine plausible Erklärung geben, so die Verwalterin. Sie rät Kim, sich erst mal zu beruhigen, sich einen heißen Tee zu machen und abzuwarten. Sie selbst werde sich bei den Hausbesitzern erkundigen, wie viele Schlüssel es für dieses Zimmer insgesamt gibt. Dann würde sie Kim benachrichtigen. Im Zweifelsfall, falls Kim bedroht werden sollte, solle sie die Polizei unter 110 anrufen. Eine Polizeiwache sei in der Nähe und ein Streifenwagen würde schnell da sein. Kim wird langsam ruhiger, jetzt, nachdem ihr jemand zugehört hat und sie das Gefühl hat, ernst genommen zu werden. Dann legen sie auf und Kim wartet auf die Nachricht über die Anzahl der Schlüssel. Ungefähr eine Stunde später erhält sie eine SMS mit der Nachricht: Die Hausbesitzer sagen, dass es für dieses Zimmer nur einen Schlüssel gibt.

Traum oder Wirklichkeit

Ist das jetzt eine gute oder eine schlechte Nachricht? Mehrere Schlüssel würden bedeuten, sie bräuchte nur nach der Person zu suchen, die ihn hat. Nur ein Schlüssel, nämlich ihr eigener, hieße Spuk. Kim gehört zu der jungen Generation Asiaten, rational durchgetaktet, glauben sie nur, was sie sehen – der Latexhandschuh war sichtbar!

Sie träumt sich nach Vietnam. Ihre verstorbene Großmutter kommt ihr in den Sinn. Klein, gebückt, freundliche Runzeln im abgearbeiteten Gesicht, und so liebevoll unter der kargen Schale. Was hätte sie zu dieser mysteriösen Handschuhgeschichte gesagt? Wider Willen fühlt Kim ein inneres Lächeln. Ihre Großmutter hatte so viel in ihrem Leben durchmachen müssen, sie hatte nie ein eigenes Zimmer und schon gar nicht zum Abschließen. Nichts hätte sie gesagt, sie hätte weitergemacht im täglichen Sorgen für ihre Familie.

Aber sie, Kim, führt ein anderes Leben. Fremd kommt es ihr plötzlich vor. Weit weg von zuhause, fremde Gewohnheiten, fremde Sorgen.

Mit sich selbst im Zwiegespräch analysiert sie ihre Situation: „Dieser schwarze Handschuh wirft mich aus der Bahn; die Frage ist, ob ich überhaupt eine habe. Auch ohne diesen Handschuh fühle ich mich haltlos, rastlos, unsicher, ein bisschen wie dieser verlorene Handschuh, auf den Boden fallengelassen oder vergessen oder extra platziert, um mich zu beunruhigen? Ich muss schlafen, dringend. Nicht meine Eltern anrufen, es ist dort noch zu früh, sie würden sich zu Tode erschrecken. Außerdem, was soll ich sagen? Mutter, Vater, es gibt einen schwarzen Handschuh in meinem Zimmer, der dort nicht sein sollte, weil eigentlich niemand in mein Zimmer kommen kann." Sie würden kaum verstehen, was sie daran so umtreibt. In Vietnam wird vieles so anders empfunden.

Was macht sie eigentlich in Deutschland? Reicht es, die Sprache einigermaßen zu sprechen und sie noch besser lernen zu wollen? Ist sie wirklich an deutscher bzw. europäischer Literatur interessiert? Nützt es ihrem Land, was sie hier lernt, interessiert es jemanden in Vietnam, ob sie Rilke versteht? Oder will sie für immer hierbleiben? Sie weiß es nicht.

So deutlich hatte sie sich ihre Zweifel und ihre vagen Zukunftsvisionen noch nie eingestanden. Sie merkt jetzt, dass sie diese Fragen umschifft hat, bisher recht erfolgreich.

Kim denkt an ihre chinesischen Mitbewohnerinnen. Glücklich wirken sie nicht, ganz und gar nicht. Ob sie durch die Coronapandemie Angehörige verloren haben oder um ihre Familien bangen? Bisher hatte es sie nicht interessiert, aber plötzlich schaut sie anders auf das Grüppchen in der Küche. Was sie bisher so genervt hat, könnte auch ein Ausdruck von Heimweh und Verzweiflung sein. Vielleicht sind sie alle gar nicht so richtig hier, sondern viel mehr in ihrer Heimat. Wo kommen sie eigentlich her? Sie weiß es nicht. China ist so unvorstellbar groß. Hätten diese Menschen in dieser speziellen Situation Interesse, sie zu ängstigen?

„Was ein schwarzer Handschuh so alles kann! Mich wie eine kalte Hand ans Herz fassen. Igitt!" Einem plötzlichen Impuls folgend schaut sie in den Mülleimer, als ob sie sich seines Anblicks nochmal einmal versichern will. Ein neuer Schreck: Der Handschuh ist weg!

Den Himmel öffnen

„Jetzt nur nicht in Panik geraten", befiehlt sie sich selbst. Kim stellt sich in die Mitte des Zimmers, hebt die Arme und holt Luft, tief in den Bauch hinein und während sie die Arme nach unten kreisen lässt, atmet sie aus, ganz langsam, bis das entspannte Zwerchfell ihren Lungen den Platz gibt, viel Sauerstoff zu speichern. „Mit dieser Übung kannst Du den Himmel öffnen", hatte ihre Großmutter behauptet, wenn kindlicher Eifer sie aus der Fassung brachte. Noch fünfmal hintereinander öffnet sie den Himmel, während sie fortwährend auf den Mülleimer starrt. „Schluss jetzt." Wenn sie etwas hier in Hamburg gelernt hat, dann ist es die Direktheit, mit der man Dinge anspricht, die schieflaufen. In ihrer Heimat wäre dies unmöglich und vielleicht in der Kultur ihrer Mitbewohnerinnen auch, aber die ist ihr genauso fremd, wie die ihrer einheimischen Kommilitonen. Sie nimmt ihren Lieblingstee aus dem Regal, schließt die Tür auf und geht in die Küche. „Mögt ihr weißen Tee?", fragt sie. Sie versucht es auf Englisch. Beide nicken. „Hi, ich heiße Kim", und während sie das Teewasser aufsetzt, spiegelt sich im Deckel des großen Reistopfes die lautlose Kommunikation der beiden jungen Mädchen. Sie nicken sich zu.

Jamie und Dang heißen sie. Sie sind Schwestern. Nachdem sie fast zwei Wochen von Polizeieinheiten auf dem Universitätsgelände in Hongkong festgehalten worden waren, haben ihre Eltern sie nach Hamburg zu entfernten Verwandten geschickt. Sie konnten in deren Restaurant in der Nähe des Rathausmarkts arbeiten. Der heiße weiße Tee mit dem süßen Honig wärmt das eingefrorene Lächeln in ihren Gesichtern und nimmt ihnen trotzdem nichts von ihrer Zerbrechlichkeit. „Sie sind in Not", denkt Kim, „nicht nur, weil alle Restaurants schon seit Wochen geschlossen haben." Der Tee ist ausgetrunken und Kim beschleicht das Gefühl, dass sie sich zurückziehen sollte, damit die beiden nicht das Gefühl bekommen, ihr etwas schuldig zu sein. Immer wieder bemerkt sie die Blicke von Dang, die Jamies Redefluss begleiten. Die Sache bleibt unheimlich, aber ihre Angst ist verflogen, so als hätte sie Verbündete gefunden.

Leise schließt sie ihre Tür von innen wieder ab. Sie möchte sich schützen, aber nicht den Eindruck erwecken, dass sie Dang und Jamie ausschließt. Sie schaut auf ihren Schlüssel. Er hat eine Nummer und ein Sicherheitsmerkmal. Sie hatte Piet gefragt, den Kommilitonen aus Hamburg, wegen der Info, dass niemand einen Ersatzschlüssel für ihre Wohnung hat. Piet war sich sicher, dass dies nicht stimmt.

„Stell dir vor, es brennt", sagte er. „Im Notfall muss jemand Zugang zur Wohnung haben. Bei uns ist es der Hausmeister." Dem Gedanken, dass dieser feiste Typ mit der sülzigen Stimme Zugang zu ihrem Zimmer haben könnte, hing sie nur einem kurzen Moment nach. Aber sie erinnert sich an ein hitziges Gespräch zwischen ihm und ihren Mitbewohnerinnen vor dem Hauseingang. In der Regel bekommt sie wenig mit, was im Haus geschieht. Am Morgen, um 8 Uhr, geht sie in die Uni und kommt erst nach 18 Uhr wieder zurück. Man hat sie als studentische Hilfskraft an die benachbarte Fakultät ausgeliehen. Dort sind die Labore geöffnet und sie wacht über die notwendigen Abstandsregeln. So kann sie weiterhin ihren Unterhalt sichern und hat nebenbei ausreichend Zeit, um an den eigenen virtuellen Vorlesungen teilzunehmen. Es schwirren so viele Gedanken in ihrem Kopf. Die Entfernung der Angst hilft ihr, sich wieder auf das Wesentliche zu besinnen. Mit bunten Stiften und einem Satz Karteikarten macht sie sich an die Arbeit. Sie recherchiert und teilt akribisch Fakten (grün) von Möglichkeiten (blau) und Interpretationen (rot).

Grün: Das benutzte Bett. Ascheimer mit Handschuh. Ascheimer ohne Handschuh. Immer, wenn sie in der Wohnung ist, sind die beiden chinesischen Studentinnen in der Küche. Sie können nicht im Restaurant arbeiten. Sie selbst ist den ganzen Tag nicht zuhause. Sie weiß nicht, was tagsüber in der Wohnung passiert.

Blau: Die Studenten haben finanzielle Probleme. Der Hausmeister könnte einen Ersatzschlüssel haben.

Rot: Die jungen Frauen wirken eingeschüchtert. Sie haben vor irgendetwas Angst. Der Hausmeister macht ihnen Probleme.

Nun ist sie sich sicher. Das Geheimnis des schwarzen Handschuhs kann sich nur hier, in der Wohnung auflösen. „Morgen Abend koche ich für uns drei." Mit diesem Gedanken fällt sie in einen tiefen Schlaf.

Auf zu neuen Ufern

Grün, Blau, Rot. Irgendetwas stimmt nicht. Noch mal. „Morgen Abend koche ich für uns drei." Sie haben vor irgendetwas Angst. Nein, noch weiter zurück, denkt Kim und wälzt sich hin und her, schlägt die Decke zur Seite. Sie findet den Faden nicht mehr, deckt sich wieder zu, dreht sich auf die andere Seite und versucht noch einmal einzuschlafen und zu träumen. Sie will den Traum zu Ende

träumen, es ist wichtig! Sie hat die Lösung fast gefunden!

Kim blinzelt in den Raum. Sie fühlt sich zerschla-
gen und ihre Schulter tut weh. Sie setzt sich auf und
reibt sich den Nacken. Was war das denn für ein
seltsamer, aufwühlender Traum? Ihre Großmutter,
sie war ihr so nah. Sie hat mit ihr den Himmel geöffnet. Ach, könnten sie sich doch noch einmal wiedersehen. Sehnsucht befällt Kim einen kleinen Moment. Sehnsucht nach Hause und nach den alten
Zeiten, als ihre Großmutter noch lebte und sie selbst
noch klein und die Welt in Ordnung war.

Kim versucht das Unbehagen, das der Traum bei
ihr hervorgerufen hat, los zu werden und schüttelt
sich. Dann fällt ihr Blick auf den Papierkorb. Der
Abfalleimer steht abweisend in einer Ecke ihres
Zimmers. Er scheint Feindseligkeit auszustrahlen.
Sie möchte lieber nicht noch einmal hineinsehen.
Dann steht sie auf und geht ins Bad. Das ist natürlich mal wieder besetzt. Langsam kriecht die Angst
in ihr hoch. Nein, so geht das nicht, denkt Kim. Sie
dreht um, geht in die Küche und setzt Wasser für
einen Tee auf. Dann hockt sie sich an den Tisch und
schaut aus dem Fenster auf die Straße und die vor-
beifahrenden Autos. So kann es nicht bleiben, so
hält sie es nicht mehr aus. Sie gießt ihren Tee auf
und geht zurück in ihr Zimmer.

Es ist noch früh am Tag, aber sie wählt trotzdem die Nummer einer Studienfreundin. Diese hatte ihr vor einiger Zeit angeboten, kurzfristig und vorübergehend bei ihr unterzukommen. Falls es ganz schlimm wird und Kim es überhaupt nicht mehr aushalten sollte. Das ist jetzt der Fall. Die beiden besprechen, wie sie das Vorhaben am besten umsetzen. Kim ruft auch noch den Vermieter an und sagt, dass sie den befristeten Mietvertrag, der in zwei Wochen ausläuft, nicht verlängern möchte. Dann ist das Bad endlich frei und Kim packt nach dem Duschen all ihre Utensilien ein. Schnell sucht sie in ihrem Zimmer ein paar Dinge zusammen, die sie in den nächsten Tagen brauchen wird. Sie wird noch mal wiederkommen und den Schrank ausräumen, ein paar Tage hat sie noch Zeit, aber jetzt will sie erst mal so schnell wie möglich weg von hier. Sie nimmt ihren kleinen Koffer und schließt die Tür zu ihrem Zimmer ganz gründlich ab. Mit dem einzigen Schlüssel, zweimal. Vorher hat sie noch schnell ein Handyfoto vom Zustand des Raumes gemacht. Für alle Fälle. Dann geht sie, den Koffer hinter sich herziehend, zur nächsten Bushaltestelle.

Der Bus soll in zehn Minuten kommen. Kim wartet alleine dort. Sie stellt den Koffer hin und schaut nach oben. Das Wetter ist schön. Dann hebt sie ihre Arme. Sie holt Luft, tief in den Bauch hinein und während sie die Arme nach unten kreisen lässt, atmet sie aus, ganz langsam. Sie öffnet den Himmel über Hamburg.

Die Wahrheit hat viele Gesichter

Treue

Er steht vor dem Haus, schaut hinauf, stumm, geduldig und entschlossen. Seine Züge sind markant, fast könnte man sie als hager bezeichnen. Gerne würde sie mit den Fingerspitzen die Linie der Wangenknochen, der schmalen Nase und des vorgereckten Kinns nachzeichnen. Berühren, was sie schon lange liebt, was sie seit den Bildern der Kindheit herbeisehnt. Vielleicht ist es auch diese entschlossene Einsamkeit, die wie ein Netz über ihn gelegt ist, die sie beide verbindet, denkt Amelie. Ungeduldig schnaubt sein Pferd.

Sie hat frei. Seit einer Woche genießt sie die Urlaubstage bei sich zu Hause und findet langsam einen Rhythmus, ihren Urlaubsrhythmus. Morgens galoppiert sie mit dem Staubsauger durch die Wohnung, staubt das kleine Holzkästchen mit den Nixen, Wasserlilien und huschenden Fischen aus dem See ihrer Kindheit ab. Mit nackten Füßen geht sie auf den Balkon, ein Blick in den Blumenkübel zeigt, dass die Tomatenpflanze noch lebt. Heute scheint die Sonne und vor Sehnsucht atmet sie tief ein, hält die Luft an. Sie will Sonne tanken

Luftanhalten tat ihr schon immer gut. Es war das vertraute Spiel ihrer Kindheit, das magische Band zwischen ihrem Großvater und ihr. ‚Wer kann die Luft am längsten anhalten‘ war einer ihrer

Wettbewerbe, wenn sie neben einander auf dem geblümten Sofa saßen. Und wenn ihr vorzeitig die Puste ausgehen wollte, zauberte sie sich – mit offenen Haaren und grün schillerndem Schuppenkleid – hinabtauchend in den See am Waldrand. Schnaufend und prustend wieder an der weichen, gekräuselten Wasseroberfläche angekommen, sicher auf dem Sofa, hielt sie dem Großvater triumphierend ihre kleine Faust hin. Er schaute prüfend auf die Stoppuhr, nickte sein anerkennendes, feines Lächeln und sie durfte die Hand öffnen, dann die Augen. Ehrfürchtig betrachtete sie das schimmernde Perlmutt, strich sanft mit den Fingerspitzen über die geheimnisvolle Oberfläche und war verzaubert von so viel Schönheit.

Als sie älter wurde, verstand sie, dass es der Großvater war, der ihr immer wieder die Muschelhälfte in die Hand gelegt hatte. Aber der Zauber blieb, denn als sie acht oder neun Jahre alt war, konnte es sein, dass eine kleine Perle in der Muschelschale lag – eine schimmernde, geheimnisvolle Metapher.

Aber bis dahin sollte noch viel Zeit vergehen, gab es viele Tauchgänge, viele Geschichten und viele vertraute Wetten auf dem geblümten Sofa neben dem Großvater, der immer zerbrechlicher wurde. In dieser Zeit war sie ihrem Reiter in einem der Bücher des Großvaters zwischen den vielen bunten und dunklen Seiten begegnet. Todesmutig ritt er ihr mit wehendem Umhang und anrührend nackten Füßen aus dem Bild entgegen.

Später sollte sie endlich vor dem Original mit dem altmodischen Titel ‚Tod auf einem blassen Pferd' stehen – gerade hatte sie ihr Studium abgeschlossen – und einen Vortrag über das Werk des Malers Gustav Doré halten.

Und nur sie wusste, dass er eines Tages vor ihrer Tür stehen und sie einfordern würde. Aufrecht und seltsam gelassen wird sie dann ihre Perlenkette holen, die feinverzierte Schließe öffnen und der Kette erlauben, sich um ihren Hals zu schmiegen. Er wird sie zu sich auf sein fahles Pferd heben und wie eine Windsbraut wird sie mit ihm die Wolkenberge hinauf und hinab jagen. Furchtlos zurücklehnen wird sie sich und fühlen, wie er sie mit seiner linken Hand umfasst, fest, sicher und für ewig. Und sie wird ein neues Kapitel ihres Lebens aufschlagen.

Endlichkeit

Langsam lässt sie die Luft aus ihren vollgesogenen Lungen durch die Nase entweichen. Ganz langsam, denn je mehr Zeit dies braucht, desto länger bleibt das Bild des Reiters, bis sich zuletzt auch das ungeduldige Pferd im Nebel auflöst. Es gibt nur dieses eine Bild, das sie mit in den Tag nimmt, wenn sie morgens ihre Atemübungen macht. Die Übungen am Abend hat sie auf eine späte Stunde verlegt. Mit gut durchlüfteten Lungen gibt sie sich dem Schlaf hin, in der Hoffnung im Traum dem zu begegnen, was ihr im realen Leben nicht gegönnt ist. In guten Nächten steigt er von Pferd, legt seinen Umhang über den Sattel und kommt mit offenen Armen auf sie zu. Sein Blick verändert sich. Mal ist er abweisend und streng, mal liebevoll und begehrend und dann ungewöhnlich fordernd. Immer öfter stört ein Hustenanfall die Seligkeit des Augenblicks.

Das ist neu. Sie ist positiv getestet. Der Virus hat sich in ihrem Leben eingenistet. Ihr kurzer Urlaub ist zur andauernden, unbesetzten Zeit geworden. Niemand kann sie besuchen und sie, sie kann sich nicht an die virtuellen Kontaktaufnahmen gewöhnen, die den unnatürlichen Zustand immer wieder aufs Neue manifestieren. Sie kocht sich gelangweilt durch die Biokiste, die jeden Donnerstag kommt und beobachtet seltsam unbeteiligt ihren körperlichen Zustand. Die Ergebnisse präsentiert sie ihrem Arzt zweimal wöchentlich in der Videosprechstunde. „Er schaut mir in die Augen, hört meine

Stimme, notiert meine selbst gemessenen Daten und hat keine Ahnung, wie es mir geht", fasst sie das Ereignis für sich zusammen. „Er fragt nicht und ich sag's nicht." Trotzig steuert sie den Cursor ihres Laptops auf ‚beenden'.

Sie ist durch und durch traurig und findet ihre Tränen nicht. Das ist schon lange so, aber früher hatte sie eine zuverlässige Tränenauslösemethode. Sie dachte sich an die Seite ihres Großvaters. Auf dem geblümten Sofa atmete sie seinen gütigen Blick ein und die Sehnsucht nach seiner Treue ließ die Tränen strömen. Es funktioniert nicht mehr. Längst hat die Trauer Platz gemacht für Erinnerungen an glückliche Kinderzeiten. Geblieben ist die Sehnsucht. Ungestillt. Sie nimmt sie mit in ihre Nächte und nun auch in die Tagträume, um sich der Einsamkeit zu entziehen. Sie träumt sich die Perlen um ihren Hals, damit vollendet wird, was ihr versprochen wurde. Mit dem Holzkästchen im Arm versinkt sie in das vertraute Gefühl.

„Guten Tag, meine Liebe." Er steht neben dem Pferd, das gelassen den Kopf senkt. Eine schöne Frau ist an seiner Seite. „Ich möchte dir einen Gast vorstellen." Er schiebt sie ein Stück vor. Sie hält einen unordentlich gebundenen Strauß frischer Wiesenblumen in der Hand. „Sie ist eine gute Freundin von mir. Ihr Name ist Endlichkeit." Er küsst liebevoll Amelies Hand, bevor er sie in die Hand der Fremden legt.

Wandlung

Nass geschwitzt, mit rasselndem Atem wacht sie auf, schaut auf ihren Wecker, trinkt einen Schluck Wasser, greift zum Stift und bemüht sich, die verschwommenen Traumsequenzen in Worte zu fassen. Die befürchteten Panikgedanken verschwinden mit jeder geschriebenen Silbe. Sie machen Platz für glückliche Kindheitserinnerungen, für die verlässliche Geborgenheit, mit der ihr Großvater sie jahrelang umhüllte und wärmte. Doch dann tauchen die Sehnsuchtsbilder wieder auf. Sie versieht sie sofort mit einem roten Stoppzeichen.

Dieses Symbol soll die seelischen Qualen unter Verschluss halten. Erschöpft lehnt sie sich zurück, löscht das Licht, wendet ihre gelernten Entspannungstechniken an und wartet darauf, dass ihr Herz gleichmäßig schlägt, dass sie ruhig ein- und ausatmet und ihre Arme und Beine warm und schwer werden.

Die schrille Türklingel weckt sie. Wie vereinbart, hat der Hofladenlieferant die leere grüne Kiste gegen eine gefüllte ausgetauscht. Amelie ruft ihm laut durchs Treppenhaus hinterher: „Danke und bleiben

Sie gesund!" Heute liegt auf dem grünen Spargel und dem Rhabarber ein brauner Briefumschlag mit einer handgeschriebenen Aufforderung: „Sie wollen doch auch ihr altes Leben nicht wieder zurück, oder?!" Kurz schüttelt sie den Kopf und kommt ins Grübeln. Weiß sie wirklich, was sie will?

Im Kuvert steckt ein farbenfrohes Foto einer Blumenwiese. Eine Frau in einem langen Kleid bückt sich. Sie hält einen Strauß mit Sumpfdotterblumen und Wiesenschaumkraut in ihren Händen. Darunter steht eine Frage: „Könnte dies nicht unsere neue Normalität sein?"

„Fürwahr!", denkt Amelie, und dabei fallen ihr die zahlreichen unpersönlichen Videoschaltungen der letzten Tage ein. Dazu zählen auch die Facetime-Aktionen mit ihren Freundinnen. ‚Bleiben Sie zuhause und halten Sie Abstand!' So lauten die Gebote in dieser Krise. Schon vor der Pandemie lehnte sie jegliche Digitalisierung im zwischenmenschlichen Bereich ab. Für sie wird in dieser Zeit aus dem Social Distancing ein ‚Emotional Distancing'. Die ihr vom Arzt verordnete Einsamkeit quält sie. Amelie sehnt sich nach zärtlichen Berührungen, nach einem Menschen, der an ihrer Seite bleibt und das Leben mit ihr genießen kann.

Immer wieder nimmt sie das Bild zur Hand. Die Frau erinnert sie an ein Gemälde von Renoir. Wie in

Trance geht Amelie in ihr Schlafzimmer, öffnet die schwere Eichentruhe, zieht ihr schneeweißes Hochzeitskleid hervor, zwängt sich hinein und schreitet zum Spiegel. Für einen Moment blickt ihr ein strahlendes Lächeln entgegen, doch kurz darauf wird ihr schwindelig und heftiges Herzklopfen zwingt sie, sich hinzusetzen.

Im Spiegel sieht sie nicht ihr Ebenbild, sondern ein engelsgleiches Geschöpf, das sie vor zwei Wochen mit fließenden Bewegungen und ihrem in der Sonne glänzenden rotblonden, schulterlangen Haar in ihren Bann zog. Dieses Wesen trug ein langes – wie aus der Zeit gefallenes – geblümtes Kleid. Mit ihm schwebte sie über die Alsterwiese. War es tatsächlich so oder hatte sie das auch nur geträumt?

Früher spielte Amelie mit ihrer Tochter gerne das Spiel ‚Ist das wahr oder gelogen?' Gelegentlich ertappte sie sich dabei, dass sie die Wirklichkeit von ihrer Fantasie nicht unterscheiden konnte. Dank der Erzählungen der Erwachsenen vertritt sie auch heute noch vehement die Meinung, dass ihre Kindheit glücklich und behütet war. War sie es tatsächlich? Plötzlich springt Amelie auf. Jetzt weiß sie genau, wonach sie sich sehnt und was sie sucht. Sie ist endlich bei sich angekommen und bejaht ihre Wandlung. Sowie sie ihre Corona-Erkrankung überstanden hat, will sie an die Alster radeln.

Ruhe

Vor ihr liegt der See ihrer Kindertage. Tief genug zum Baden, groß genug für eine ausgelassene Schulklasse und klein genug, um sich wie ein Juwel an das Wäldchen zu schmiegen.

Die Zugfahrt hatte einige Stunden gedauert, die wenigen Menschen im Großraumwagen trugen Schutzmasken und hielten Abstand voneinander. Es war ein spontaner Entschluss, eine Entscheidung, schnell und sicher getroffen, mehr aus dem Bauch als mit dem Verstand.

Als sie merkte, dass ihr die Bewegung, der Rhythmus des Fahrens guttat, konnte sie sich zurücklehnen. Landschaften, Erinnerungen, Gedanken, Häuser, Bäume und Bilder tauchten auf, blieben zurück oder verzogen sich wieder in die Vergangenheit. Erst die Krankheit, die ihre Zähne in sie geschlagen hatte – Husten Fieber, Fieber, Husten – Nacht um Nacht. Dann die Panik, Königin Endlichkeit mit ihrem verfickten Blumenstrauß, sein Pferd, ihre Sehnsucht, Gedanken mit Beinen und großen Köpfen. Sie hatte immer geglaubt, es gäbe jemanden, der neben ihrem Bett wachen würde, wenn sie einmal sterben müsste. Tröstend, verlässlich, begleitend – so lange, bis sie bereit sei, den letzten Schritt alleine zu gehen.

Doch sie war nicht gestorben. Das Fieber hatte sich zurückgezogen, das Leben kam zurück und die Müdigkeit blieb. Später hatte sie mit dem Fahrrad einen Ausflug an die Alster gemacht. Segelboote glitten über das Wasser, die Luft füllte ihre hungrigen Lungen, der Frühling streichelte ihr Gesicht, doch die Müdigkeit blieb.

Und jetzt war sie hier und dachte an früher. Hörte das Toben der Kinder, ihre Stimmen, die den See ausfüllten, sah die Erwachsenen mit karierten Decken und gut gefüllten Picknickkörben, die sich der Heiterkeit des Sommers hingaben.

Doch wie sie vermutet hatte, gehört der See heute ihr allein. Sorgfältig legt sie das Badetuch in dem Flecken Sand aus, zieht den Badeanzug an und macht sich hungrig über den Nudelsalat her. Gestern hat sie die Reste aus der Biokiste zusammengeschnippelt und in ein Schraubglas gefüllt. Dazu gibt es eine Zimtschnecke und Tee, stark, süß und bitter.

Langsam steht Amelie auf, geht zum Seeufer und bohrt die Zehen in den Sand, dann watet sie langsam ins eiskalte Wasser – erst bis zu den Knien, bis das Frieren und Zaudern nachlassen, dann weiter und weiter, endlich lässt sie sich ganz ins Wasser gleiten.

Eine Perle will ich finden, geht es ihr durch den Kopf. Und sie merkt, wie der Tee seine Wirkung zeigt. So leicht und schwerelos hat sie sich schon lange nicht mehr gefühlt.

„Komm her meine kleine Wassernixe", hört sie die Stimme des Großvaters und da sitzt er am Ufer auf dem geblümten Sofa. Seine Zuneigung strahlt warm und tröstend zu ihr rüber. Und er lächelt ihr zu, ein letztes Mal taucht sie in seine Augen, dann vertraut sie dem Wasser und lässt sich treiben, treiben zu Muschel und Perle, treiben zu Kaulquappe und Seegrund, treiben, nur treiben. „Komm her meine kleine Wassernixe", scheinen die huschenden Fische zu locken, nicken belustigt die Wasserlilien vom Ufer, und der Großvater riecht so gut.

„Komm meine kleine Wassernixe", flüstert die Muschel in ihrer Hand, flüstern die Muscheln auf dem Grund, „komm her." Und dann hört sie beim letzten verzweifelten Luftholen die weiche Stimme, die vertraute Stimme, die das Ende der großen Müdigkeit, das Ende der langen Sehnsucht verspricht. „Komm meine kleine Wassernixe und bleibe bei mir."

Der Rhythmus der Stadt

Einfach zu viel

Mit verbundenen Augen würde er seine Stadt erkennen. Wie Seide hüllt ihn ihre weiche, würzige Luft ein. Und diese Sanftheit legt sich beruhigend auf seine angespannten Nerven. Er braucht das so sehr. Auch dieser Rückflug hat ihm wenig Entspannung gebracht, denn es gibt kaum Direktflüge nach Pau, und Paris Orly als Zwischenstopp ist unerträglich. Erst zu Hause wird er nach dem anstrengenden Seminar in Hamburg wieder zu sich kommen. Das Taxi setzt ihn auf dem großen, unregelmäßig geformten Kiesplatz vor seinem Haus ab. Ascan, der Riesenhund, steht schon wedelnd da. Seine Frau kommt von der Terrasse her auf ihn zu, golden umflirrt von der Abendsonne. Sie nehmen sich in die Arme. Nach all den Jahren immer noch herzlich. „Wie gut, dass du da bist. Bring' schon mal Deine Sachen rauf, ich mache inzwischen das Abendessen. Ich denke, wir essen draußen, es ist noch so schön warm."

Wie lang ist es her, dass nur sie beide zusammen am Abendbrottisch saßen? Ewigkeiten. Die beiden quirligen Töchter sind noch bei seinen Verwandten in England. Freunde sind für heute Abend nicht eingeladen. Ruhe rundum. Der weite Himmel, die helle Anwesenheit seiner Frau, ihr gut zubereitetes Essen. Die Aromen des Weins tänzeln über seine

Zunge. Der Hund hat sich mit der Schnauze halb auf seine Füße gelegt und döst.

Ihr Haus liegt etwas außerhalb der Stadt, die Terrasse öffnet sich nach Südwesten und gewährt einen freien Blick auf die blauen Bergketten der Pyrenäen, die von den schräg einfallenden Strahlen der tief stehenden Sonne hier und da aufleuchten.

Er redet nicht, und sie fragt nicht. Sie weiß, dass er nach diesen anstrengenden Seminaren ausgelaugt ist. Als es dunkel geworden ist und auch merklich kühler, gehen sie ins Haus. Dieses ein paar Jahrhunderte alte Gutshaus, das sie liebevoll renoviert haben, immer dabei seine alten Strukturen wahrend, umfängt sie, als ob es seine Herzkammern für sie öffnete. Als sie mit Aufräumen fertig ist, schläft er schon tief.

Am nächsten Morgen frühstückt er allein, denn seine Frau arbeitet bereits in ihrer Praxis, er hat ihr Aufstehen nicht bemerkt. Er vermisst sie, gern hätte er den Tag mit ihr begonnen. Stattdessen muss er mit dem Gärtner, der schon eine Weile draußen hantiert, unnützes Zeug palavern. Das strengt ihn an und macht ihm bewusst, wie schlecht sein Französisch immer noch ist. Ihm fehlt einfach die Zeit, es gründlich zu lernen. Jetzt liefert die Post irgendetwas an, das seine Unterschrift erfordert. Immer wieder bellt der Hund. Vom Nachbarn kommt beharrlich das schrille Kreischen einer Säge herüber. Und muss das Hausmädchen unmelodisch trällern, während es die Wäsche aufhängt?

Keinen Artikel seiner englischen Zeitung bringt er zu Ende. Das Barometer seiner Laune fällt rapide. Da nützten kein duftender Kaffee und keine frischen Baguettes. Er merkt, wie dünnhäutig er ist, was die Sache nur verschlimmert. Einmal ausschlafen reicht nicht.

Obendrein verkündet ihm seine Frau am Mittagstisch, unerträglich gut gelaunt, dass heute Abend liebe Freunde zum Essen kämen, der Architekt mit seiner Frau. Es gebe Lammkoteletts, Kartoffelgratin und Salat aus dem Garten – na klar, sie als Französin lässt sich da nicht lumpen, denkt er düster. Weniger Aufwand, einen guten Wein öffnen, mit ihr ein paar Schlucke genießen, bevor die Gäste stören, das wäre angebrachter. Später einfach Käse, Schinken, Oliven auf den Tisch. Warum kann das nicht reichen? Und dann eröffnet sie ihm auch noch, sie würden das Konzept für seinen neuen Seminarraum durchsprechen, der hier im Haus entstehen soll. Warum denn das? Merkt sie nicht, dass er einfach nur Ruhe braucht?

Natürlich spielt sich dann alles genau so ab: gutes Essen, reizende Freunde, perfekt durchdachte Planung für den Seminarraum. Trotzdem, er kann nicht mehr. Er schützt starke Kopfschmerzen vor und verabschiedet sich, kaum dass das Essen beendet ist. Man hat großes Verständnis für ihn, den empfindsamen, über seine Kräfte arbeitenden Engländer. Als seine Frau später leise zu ihm ins Bett schlüpft und sich an ihn kuschelt, stellt er sich schlafend. Er hadert immer noch. Seinen Unmut einfach wegschlafen, diese Leichtigkeit hat er nicht.

Am frühen Morgen, noch nicht voll erwacht, hat er dann plötzlich die Eingebung: Er fährt einfach eine Woche lang zu Pierre und seinen Schafen hinauf in die Berge. Es ist zwar schon die zweite Septemberhälfte, doch das warme sonnige Wetter soll sich halten. Seit Jahren ist Pierre seine Zuflucht, wenn er dringend abschalten muss. Raus aus allem. Er stiehlt sich aus dem Bett.

Das Fahrrad braucht er nur aufzupumpen. In den Rucksack kein unnötiger Ballast, aber zwei gute Flaschen roten Jurançon, die müssen mit, darüber freut sich Pierre. Das Handy schiebt er tief nach unten in den Rucksack, dazu einen noch ungeöffneten Brief, der gestern auf seinem Schreibtisch gelegen hatte. Beides möglichst weit von sich weg. Nun ist es sieben Uhr, er steht fertig in seiner Fahrradmontur in der Küche, macht Kaffee und schreibt Pierre eine SMS, dass er morgen ab Mittag mit ihm rechnen soll. Er streicht Butter und Honig auf die

Baguettes, die der Gärtner gerade gebracht hat, und beißt mit Lust hinein. Zerzaust und noch schläfrig erscheint seine Frau in der Tür, ein Blick und sie versteht, fragt nur: „Wie lang, eine Woche?" Er nickt mürrischer, als er inzwischen ist, und sie entfernt sich leise.

Hochnebel liegen über den blauen Sehnsuchtsbergen, die Sonne lächelt diesig in die Ebene von Pau, die er bald hinter sich lässt. Gerne würde er die ganze Strecke bis nach Lescun heute noch schaffen. Das sind etwa 70 km mit einem Höhenunterschied von guten 1000 Metern. Für seinen nicht sonderlich guten Trainingszustand eine Herausforderung. Den ersten Halt legt er ein, bevor die Straße merklich und unaufhaltsam ansteigt. Pau schimmert ihm aus der Ferne entgegen. Er schaut hinunter und spürt, wie sehr er dieser Stadt verbunden ist, die ihn, den unsteten und oft melancholischen Engländer, vor Jahren so gut aufgenommen hat. Nicht zuletzt natürlich wegen seiner Frau. Sie ist ein Naturtalent der Kommunikation, offen, warmherzig, anteilnehmend. Das bewundert er bis heute. Ihre Praxis für Kinder- und Jugendpsychotherapie war damals gut angelaufen, man vertraute ihr sofort. Und er, er hatte endlich sein Buch, die schwierige Geburt, recht rasch fertig geschrieben – hier muss er sich eingestehen: nicht ohne ihren Einsatz und ihre unbeirrte Zuversicht. Bisher war wirklich alles glücklich verlaufen. Sein Buch wurde in Fachkreisen gut aufgenommen, sein neues Psychotherapiekonzept erregte lebhaftes Interesse. Einladungen kamen aus aller Welt und sind bisher nicht abgerissen, im Gegenteil. Er muss viel umherreisen, das ist natürlich anstrengend, erlaubt ihm aber auch, weniger Patienten anzunehmen, was ihn wiederum sehr entlastet.

Leichter und kraftvoller steuert er sein nächstes Ziel an, Sarrance. Diese herrlich frische Bergluft! Die Hochnebel haben sich aufgelöst, klare Bergketten ragen und reihen sich, darunter sattes Grün gold-braun durchmischt. Dann das Aspe-Tal. Sein Zauber findet in ihm keine Widerstände mehr. Er gibt sich diesem Glück hin, so müde, hungrig und durchgeschwitzt er jetzt ist. Nun ein kleines Mittagessen, ein gutes Glas Wein und in der Sonne ausruhen. Eine Stunde später nickt er tatsächlich auf der Bank vor einem kleinen Gasthaus ein, die langen Beine ausgestreckt, noch einen Schluck Wein im Glas. Es herrscht kaum Betrieb, so lässt man ihn gewähren, bis er von selbst verwundert erwacht, wie ihm das passieren konnte.

Nächste und letzte Etappe: Lescun. Davor hat er Angst. Deutlich steiler wird von jetzt an die Straße ansteigen. Nach kurzem Zögern schwingt er sich in den Sattel und tritt beherzt weiter. Diese Strecke fordert ihn ganz, zweimal muss er absteigen, doch dann schafft er es. Er fährt in Lescun ein. Das weite Rund seiner bizarren Gipfel empfängt ihn wie alte Freunde, die ihn willkommen heißen. Zufrieden schiebt er sein Rad durch die engen Gassen hin zu der Gaststätte, wo man ihn kennt und wo er hofft, eins der wenigen Zimmer zu bekommen.

Herzliche Begrüßung, wie schön, dass er wieder einmal den Weg hierher gefunden hat, und natürlich ist gerade ein Zimmer frei geworden. Nachdem er ausgiebig geduscht hat, steigt er wohlig erschöpft hinunter in die Gaststube. Diesen Tag will er mit dem köstlichsten aller Lammbraten beenden und dazu einen guten roten Jurançon genießen. Er isst und trinkt langsam, getragen von einer Woge der Behaglichkeit.

Der Wirt kommt, schenkt freundlich nach und sagt beiläufig: „Pierre hat angerufen, Sie möchten bitte seine Nichte mitnehmen. Sie hilft ihm, ein paar Tage letzte Hand anlegen beim Käse. Diesmal ist es viel geworden. Die Ladung wird bald vom Helikopter abgeholt. Es ist ihm lieber, wenn seine Nichte den langen Aufstieg nicht alleine macht." Der Wirt schaut in ein fassungsloses Gesicht, geht zum Ausschank zurück und sagt zwinkernd: „Es gibt langweiligere Begleitung."

Er rührt keinen Bissen mehr an. Der Appetit ist ihm vergangen. Das ist nicht möglich, er hat sich verhört. Er fragt nochmal nach, ob er richtig verstanden habe, dass er die Nichte von Pierre mitnehmen soll. „Genau", bestätigt der Wirt, „wirklich besser, Sie machen den langen Aufstieg zu zweit. Sie ist ein nettes, gescheites Mädchen. Studiert Jura in Pau. Sie ist ein echtes Bergkind, wird Ihnen keine Umstände machen." Der Wirt hat ja keine Ahnung, wovon er spricht, es geht doch darum, das ganze Getöse des Alltags hinter sich zu lassen, endlich aufzuatmen. Sich zu finden im großen Schweigen der Berge.

Ein Mädchen, nein, das geht nicht gut. Niemals. Aus der Traum von stillen Tagen mit Pierre. Mit keinem kann er so gut schweigen wie mit ihm. Kurz kommt ihm der Gedanke umzukehren. Den verwirft er jedoch sogleich, das kann er Pierre nicht antun. Er kippt den letzten Schluck Wein hinunter, murmelt etwas von Sonnenuntergang und rennt fast aus der Gaststube. Er stürmt einen beliebigen Wanderweg entlang, ohne im Geringsten die leuchtende Umgebung wahrzunehmen. Ein Mädchen! Vielleicht so quirlig wie seine Töchter. Den ganzen Tag Geschnatter. Schrecklich.

Und nicht nur das, das Berghaus hat nur ein Zimmer mit einem Holzgestell von Wand zu Wand.

Sicher, vier Erwachsenen haben bequem Platz darauf, aber zwei Männer und eine Frau, wie soll das gehen? Wie Schlaf finden? Und was ist tagsüber? Soll er ohne Karte – er hat keine dabei und Pierre braucht keine – in der abgelegenen Gegend umherwandern? Riskant. Und der Holzklotz, den Pierre immer für ihn bereitstellt, klemmt er sich den etwa unter den Arm, quält sich den Berg hinauf und schnitzt hier einen seiner schartigen Männerköpfe? Irgendwo in der Landschaft verrottet der dann – na, wenn schon. Er findet keine Antworten. Schließlich stolpert er unendlich müde ins Dorf zurück. Krisenintervention heißt das, was er jetzt mit einem Patienten machen würde; mit sich selbst – hoffnungslos. An seiner Zimmertür klebt ein Zettel: morgen früh um 8 Aufbruch. Um 7 Frühstück. Er wirft sich ins Bett und fällt in einen schweren unruhigen Schlaf.

Am nächsten Morgen bessert sich seine Stimmung etwas angesichts des reichlichen Frühstücks. Sogar das große Bauernbrot, das er Pierre immer mitbringt, hat man schon für ihn besorgt. Auch an Proviant wurde gedacht: Baguettes mit Schinken und Käse, dazu Weintrauben. Er ist gerührt und bringt beim Abschied sogar ein Lächeln zustande.

Er schultert den inzwischen etwa 15 kg schweren Rucksack und geht langsam zum Treffpunkt. Wie erwartet steht da ein junges, unbekümmertes Ding mit langem Pferdeschwanz. Abgeschabte Wanderjacke. Kniefreie Wandershorts. Grobe, viel getragene Bergschuhe. Die schlanken, gebräunten Beine versucht er zu übersehen. Sie stellt sich in überraschend gutem Englisch als Jeanne vor. Er sagt: „Will" und wenig verbindlich, fast unhöflich: „Na, dann wollen wir mal." Sie zögert kurz, ein Schatten streift ihr Gesicht, sie dreht sich ohne weitere Worte um und geht wie selbstverständlich voran. Das ist ihm nur recht, soll sie ruhig verschnupft sein. Er will sich auf dieses Wunder an Landschaft konzentrieren, dafür ist er schließlich hier. Sie halten ein paar Meter Abstand voneinander, schweigen und steigen. Lange geht das so, er schwitzt inzwischen sehr und würde gerne mal eine Pause machen. Dagegen scheinen die sehnigen Beine vor ihm keine Müdigkeit zu spüren. Immerhin wird nicht geredet, das muss er als Plus verbuchen. Nach etwa zwei Stunden dreht sich Mademoiselle um und schlägt vor, eine Pause einzulegen. Es käme jetzt eine Gabelung, da könnte man einen schwierigeren Weg nehmen, der aber deutlich kürzer sei. So könnten sie gute eineinhalb Stunden sparen und das Mittagessen vielleicht schon mit Pierre zusammen einnehmen. Sie rasten zwanzig Minuten, trinken immer mal Wasser, keiner denkt daran, ein Gespräch zu beginnen. Er gibt sein Okay für den kürzeren Weg.

Der erweist sich als steil, steinig, felsig und für ihn äußerst anstrengend. Im Augenblick ist sie nur eine Armlänge von ihm entfernt, da ertönt ein dumpfes Krachen und Poltern. Sie springt zurück, rempelt ihn fast um, er findet gerade noch das Gleichgewicht, und vor ihnen stürzen dicke Gesteinsbrocken zu Tal. Instinktiv hat er den Arm um sie gelegt. Sie zittert, schüttelt seinen Arm ab und sagt, man könne nie genug aufpassen. Er ist bis ins Mark erschreckt.

Einkehr

Jeanne holt tief Luft. Das war knapp. Aus den Augenwinkeln beobachtet sie den steilen Hang. Noch ist die Gefahr nicht vorbei. Der Abriss des Überhangs kann leicht noch mehr Gesteinsformationen in Bewegung setzen. Ihr Berggefährte sitzt zusammengesunken auf dem schmalen Grat, mit dem Rücken an der Felswand, die ihm Halt gibt. Sie spürt, dass sich in den letzten Minuten die Rollen getauscht haben. Sie ist jung, sie ist ganz gut trainiert, allerdings klein und zierlich, aber sie ist vertraut mit Grenzen, mit denen der Natur und mit denen der Menschen, wenn Angst im Spiel ist. „Mein Gott, jetzt weint er", ihre Ahnung bestätigt sich. „Der alte Mann sieht so müde aus", sie hätte ihm gern die Haare aus dem Gesicht gestrichen. Heute Morgen fand sie ihn distanziert und überheblich und jetzt tut er ihr leid.

„Will, wir können weiter, die Gefahr ist vorbei." Sie stützt sich an einen Felsen und reicht ihm die Hand, um ihm aufzuhelfen. Er schüttelt den Kopf. Leise, kaum hörbar, erwidert er: „Ich gehe keinen Schritt weiter nach oben." Seine Stimme klingt verzweifelt. Jeanne umfasst scheinbar absichtslos sein Handgelenk. Sein Puls rast, er fühlt sich kalt an und Schweiß rinnt an seinen Schläfen herunter. „Komm, wir gehen zurück", sie hat unwiderruflich das Kommando übernommen. Ein gebrochener Mann folgt ihr, Schritt für Schritt. An der Gabelung, die sie am Morgen auf den anspruchsvollen Weg geführt hatte, bleibt er abrupt stehen. „Jeanne, ich kann nicht weiter zurück, weder nach Lescun noch nach Hause." Er schaut sie an und sie ahnt, dass dies einer dieser Augenblicke ist, die nicht von der Vernunft entschieden werden. Sie zieht ihn an der Hand hinter sich her. „Es sind nur wenige Minuten." Auf einem Ziegenpfad, ohne Steigung, mit Blick in das Tal, erreichen sie eine kleine Berghütte. „Der Schlüssel liegt im Blumenkübel neben der Tür. Geh ruhig rein, für die nächsten zwei Tage bist Du versorgt."

Das Haus ist bewohnt. Eindeutig. Ohne Neugier verschafft er sich einen kurzen Überblick. Rucksack und Jacke fallen auf den Fußboden. Bevor er sich auf das schmale Bett vor dem Fenster fallen lässt, befreit er sich mühsam von den Wanderschuhen. Er fühlt nichts als eine große Leere, die ihn in den Schlaf begleitet. Als er das erste Mal aufwacht, blendet ihn die Mittagssonne des nächsten Tages. Wie fremdgesteuert nimmt er das Brotpaket aus dem Rucksack, trinkt etwas Wasser zum trockenen Käsebaguette, zieht den Vorhang zu und fällt wieder in einen tiefen Schlaf, der von unruhigen Träumen begleitet wird. Seine Frau deckt gerade den Tisch. Hummer, Wildbraten, rohe Fische, Obst und Torten türmen sich auf seinem Platz. Er kann den Berg der Köstlichkeiten nicht erreichen. Auf seinem Stuhl stapeln sich seine Bücher. Man hat sie als Sitzunterlage benutzt, damit er den Blick seiner gut gelaunten Frau erhaschen kann. Sie lacht und wirft ihm eine Kusshand zu. Er fühlt nichts. In Schweiß gebadet wacht er auf, seine Knochen tun ihm weh. Er ist sauer. Auf seine Frau, auf seine Kinder, eigentlich auf alle. Selbstmitleidig zieht er sich die Decke über den Kopf. Halb wachträumend, halb schlafend erscheint ein neues Bild. Er sieht, wie seine Frau beim Psychotherapie Kongress in Lindau zum Podium geht. Auf ihrem Redeplatz steht sein Name ‚Will'.

Sie hält einen Vortrag aus seinem Werk. Stehende Ovationen begleiten sie aus dem Saal.

„Will! Will, hörst du mich?" Pierre steht an der Tür. Er stellt einen Korb auf den Tisch. Baguette, Wein und frische Kräuter ragen heraus. Piere erzählt, was sich in den letzten zwei Tagen ereignet hat. „Der Käse ist abgeholt. Jeanne ist zurück im Tal, sie hilft im Gasthaus aus. Der Steinschlag hat eine Bergziege in den Abgrund gerissen." Er könnte jetzt mit Pierre in die Berge gehen, oder einfach bleiben und sich ausruhen. Merkwürdig emotionslos hört er die Botschaften. Pierre macht einfach weiter. „Jeanne hat den Doktor im Wirtshaus getroffen. Sie wollte ihm unbedingt deine Situation schildern." Pierre schluckt. „Er hat etwas von ‚innerer Kündigung' und ‚Burnout' gesagt."

Ascheregen

Will braucht Zeit. Es wäre nicht klug, ihn mit schlauen Sprüchen und Betriebsanleitungen weiter in die Enge zu treiben. Wie kann er in dieser schlimmen Situation ein guter Freund sein?

Er kocht sich noch einen Tee, um dann in Gedanken die Ereignisse des Unfalls hervorzurufen. Vor zwei Tagen schlug der Regen an die Fensterscheiben, als es heftig an der Tür klopfte. Endlich. Pierre konnte es kaum erwarten, Will wiederzusehen. Aber als er die Tür öffnete, stand nur Jeanne atemlos vor der Tür. „Es ist ... bitte ziehe dir deine Jacke an und pack ein paar Lebensmittel ein." „Wo ist Will?" „Es ist ...", fing Jeanne erneut an. Pierre unterbrach sie ungeduldig. „Was ist passiert? Hatte Will einen Unfall?" „Es gab einen Steinschlag. Uns ist nichts passiert", entgegnete sie. „Aber aus irgendeinem Grund hat Will das nicht gepackt. Die Plötzlichkeit. Zu nah kam uns der Tod. Ich glaube er gibt dem Ganzen eine große Bedeutung. Und jetzt weigert er sich, zu Dir zu kommen. Und nach Hause möchte er auch nicht. Ich habe ihn zur Berghütte gebracht. Zwei Wochen kann er in der Hütte bleiben. Er schläft jetzt. Aber sicherlich braucht er jemanden, der bei ihm ist, wenn er wieder wach wird." Pierre zog die Stirn in Falten. „Er ist jetzt im Moment in Sicherheit. Ich bringe, so schnell es geht, meine Sachen hier in Ordnung, und geh' dann zur Hütte", entgegnete er. Mit seinem inneren Auge betrachtete er die letzten 10 Jahre von Will.

Will. Immer in Eile. Zeiten der Stille schien es selten zu geben. Einsicht kommt nicht zwangsläufig mit dem Alter. Aber wann hatte Will es verpasst, abzubiegen und innezuhalten? Kindheit, Jugend, Rushhour des Lebens. Reifealter. Das sind Kategorien, um sich zu orientieren. Situationen, in denen man Weichen stellt. Das Wort ‚Kategorie' lässt ihn lächeln. Will hatte sich allzu leicht eingefügt. Seine erfolgsverwöhnte Frau ebnete den Weg. Aber war es auch Wills Weg in den letzten Jahren? Pierre hatte Jeanne zum Wirt geschickt. Er dankte ihr für ihre Hilfe. Er wusste, sie wollte los. Weg vom Unglück. Jeanne hatte ihn aufmerksam mit ihrem offenen Lächeln angeschaut. Als er seine Hütte in den Bergen bezog, war sie ein Baby und wohnte mit ihren Eltern ebenfalls am Hang. Und heute ist sie eine starke junge Frau, deren Geschichte gerade erst begonnen hat. Jeanne umarmte ihn kurz und lief los. Drei Stunden brauchte sie für den Abstieg und der Wirt war erfreut über ihre vorzeitige Rückkehr. Die Arbeit würde Pierre ohne sie schaffen. Der Käse war reif. Die Arbeit bald getan.

Nachdem Pierre alles geregelt hat, bricht er zwei Tage später gegen Mittag auf. Er findet Will schlafend vor. Ein süßlicher Geruch hängt im Raum. Ein Bad würde ihm guttun und ein gutes Gespräch. Pierre geht in die Küchenzeile, um einen kräftigen Bergtee zuzubereiten. Wills Lieblingstee. Jedem Menschen ist es einmal zu viel. Was der Doktor da gesagt hatte – Burnout – daran glaubt er nicht. Will braucht einen neuen Blick auf sein Leben. Er kann es sich finanziell leisten, abzutauchen. Einen Monat in den Bergen verbringen und die Seele baumeln lassen. Warum nicht? Pierre tritt erneut zur Schlafnische. Will blickt ihn teilnahmslos aus dem Bett an. Er stellt die Tasse Tee auf den Holzblock neben dem Bett. „Du musst nichts sagen. Wir können doch gut schweigen wir zwei." Will nickt. Tief aus dem Inneren von Wills Rucksack vibriert es. Sein Handy. „Soll ich mich darum kümmern?" Wieder nickt Will. Pierre kramt bedächtig in Wills Sachen. Ganz unten findet er es. Das Display leuchtet hell im Rucksack.

Er erkennt, dass darunter ein ungeöffneter Umschlag liegt. „Gibst du mir deinen Code? fragt Pierre. Dann kann ich dir die Nachrichten abspielen." Will grinst. „23360" Seine Lebensgeister scheinen im Anmarsch zu sein. „Das ist ja mein Geburtstag", grinst Pierre zurück. Nachricht eins. „Hier ist Natalie. Wenn du zurückkommst, bringst Du das leckere Brot von Margerin mit? Nancy und ihr neuer Freund sind gestern überraschend angereist. Ich glaube, es ist was Ernstes. Bisou Natalie." Nachricht zwei. „Hier ist Kramer. Danke noch mal für das Seminar in Hamburg. Sie waren brillant. Wir sehen uns doch sicherlich auf dem Kongress in Grenoble?" Wills Gesichtsausdruck verdunkelt sich. Nachricht drei. „Papon, ich komme morgen nach Hause und bringe Charles mit. Es wäre mir wichtig, dass Du da bist. Adieu Nancy." Nachricht vier. „Wieder nur deine Mailbox. Ruf mich einfach zurück, alter Sack." Nachricht fünf. „Tut, Tut, Tut." Im Hintergrund dieser Nachricht lief Radiomusik. Die Stones. Paint it Black. „Nimm einen Schluck vom Tee. Die anderen Nachrichten hören wir später", schlägt Pierre vor. „Was ist heute für ein Tag?" Will setzte die Tasse ab. „Mittwoch", entgegnet Pierre. „Hast du Hunger?" Will setzt sich auf. „Ewig kann ich wohl hier nicht bleiben, oder?" „Zwei Wochen schon. Die Unterkunft gehört der Gemeinde. Sie ist für die Wanderer gedacht. Danach steht dir mein bescheidenes Haus offen."

Pierre lächelt. Will spricht mit unsicherer Stimme. „Es tut mir leid, dass ich Charles nicht kennenlernen werde. Nancy hat es sich doch so gewünscht." „Es wird nicht das einzige Mal sein, dass er zu euch kommt. Jetzt musst du wieder auf die Beine kommen, Will", erwidert Pierre. „Steinschlag ist ein ernstes und gefährliches Problem in den Pyrenäen. Das kann jeden treffen." „Ich weiß, mir ging nur mit großer Wucht etwas durch den Kopf. Lebe ich mein Leben, so wie ich es für richtig halte? Meine Antwort ängstigt mich, Pierre. In meinen Träumen ist Natalie so präsent. Mein Leben. Meine Arbeit. Mein Erfolg. Aber wer bin ich, jenseits der Funktion, die ich ausübe? Du hast dich früh entschieden, deinen Weg als Schäfer zu gehen. Hast du jemals Zweifel? Träumst du nie von einem anderen Leben?" Pierre stellt verunsichert die Flasche Wein auf den Tisch und holt Gläser aus dem Schrank über der Spüle. „Worauf möchte Will hinaus?", denkt er. Will schwingt ein Bein aus dem Bett. Die Farbe kehrt allmählich zurück in sein Gesicht. Pierre atmet erleichtert auf. Von draußen scheint die Nachmittagssonne in das Zimmer. „Ob ich Zweifel habe, Will? Ja, immer wenn es wochenlang regnet und ich nicht richtig warm werde. Wenn der Strom ausfällt oder wenn ich dich hier oben vermisse. Aber wie ist es bei dir? Brauchst du eine wirklich radikale Veränderung?" Pierre wartet auf Wills Antwort. „Mehr Stille wäre schön, mehr Zeit für mich und Natalie, ohne Programm, nur wir zwei. Aber das erzähl mal unserem Wirbelwind." Sie lachen. Ein tiefer Schatten legt sich über Wills Gesicht. „Ich brauche etwas Zeit, dann wird das schon wieder." Er greift nach der Baguette und dem Schinken. „Es ist ja nicht das erste Mal, dass ich zu dir komme." Will scheint mehr mit sich zu reden. Pierre sieht jetzt, wie eingefallen seine Wangen sind und wie kraftlos er wirkt. Pierre trinkt sein Glas aus. „Ich komme morgen wieder. Du siehst so aus, als würde dir der nächste Schlaf guttun." Will sieht ihn dankbar an. „Dann reden wir weiter und du erzählst mir, welche Antwort du dir gegeben hast." Er absolviert den Aufstieg mit gewohnter Eleganz. Als er seine Hütte betritt sieht er, dass ein Brief für Will auf den Tisch liegt.

Krise

Am nächsten Morgen macht sich Pierre wieder auf den Weg zu Will. Ein großes Stück von seinem Käse, eingewickelt in ein paar frische Kräuter, hat er auf die Regenjacke in den Rucksack gepackt. Den Umschlag hat er auch dazu gesteckt.

Will sitzt am Fenster der Hütte mit einer Tasse Kaffee und sieht, wie Pierre sich mit den gleichmäßigen und sicheren Schritten des Bergbewohners nähert. Erleichterung steigt in ihm auf, vielleicht sollten sie tatsächlich miteinander reden, er scheint so in sich zu ruhen, vielleicht täten ein paar Worte gut. Es ist so viel passiert in diesen Tagen. Sein allmählich einsetzender Verstand hämmert im Kopf wie ein starker Schmerz: „Krise – du bist in einer Krise, Will, mach' Dir das klar!"

Pierre betritt die Hütte: „Wie schön, dass ich dich beim Frühstück treffe, hier gibt's auch noch ein frisches Stück vom Käse der Saison." Zu den munteren Worten passt nicht sein besorgtes Gesicht. Dann legt er den Brief auf den Tisch. „Den hat der Hubschrauber mitgebracht, als er den Käse holte." Will wirft einen flüchtigen Blick darauf und erkennt sofort Natalies energische Handschrift. Überraschung und Besorgnis mischen sich in seinem Gesicht. Warum ein Brief? Warum keine Nachricht auf dem Handy? Reißt die Kette der surrealen Dinge nicht endlich ab? Während er aus den Augenwinkeln misstrauisch den Brief beäugt, schenkt er auch Pierre eine Tasse Kaffee ein. Umständlich öffnet er den Umschlag und beginnt zu lesen, zuerst leise, dann laut. Wie Brocken fallen die Worte auf den Tisch: „… und in Anbetracht dieser neuen und für mich extrem schwierigen Lage halte ich es für angebracht, wenn wir uns eine Weile nicht sehen. Ich kann das Haus nicht verlassen aus Gründen, die ich wohl nicht weiter ausführen muss. Für dich ist es leichter, eine Bleibe zu finden, bis wir imstande sind, uns einander Aug in Auge zu stellen. Ich bin völlig aus der Bahn geworfen, muss versuchen, meinen inneren Halt wiederzugewinnen und irgendeinen Weg zu finden. Verstört, viel mehr noch, tief verletzt, Natalie."

Mit offenem Mund hat Pierre sich leise hingesetzt, er traut seinen Ohren nicht. Will ist in sich zusammengesunken und starrt vor sich hin. „Was soll das …?" Schweigen. Immer wieder schüttelt er den Kopf. „Wie konnte das … Ich verstehe nicht …"

Nach einer Weile sagt Pierre vorsichtig: „Ich hab' gestern, als ich Deine SMS entgegennahm, unten in deinem Rucksack einen anderen ungeöffneten Brief liegen sehen – vielleicht …" Will zieht den Rucksack heran, greift hinein, wühlt herum, der Umschlag entgleitet ihm mehrmals, so stark zittert seine Hand. Dann reicht er ihn Pierre mit einem flüchtigen Blick auf die Adresse: „Nein, ich kenne die Schrift nicht, mach du ihn auf …" Pierre dreht den Brief hin und her, die Sache ist ihm peinlich. Will sagt heftig: „Mach' schon!" „Nun gut", Pierre atmet tief durch. „Ist sowieso alles aus dem Ruder." Er liest vor, bald stockend und fassungslos: „…so geht es nicht mehr länger weiter. Jetzt muss Klarheit in diese Situation. Ich rufe deine Frau an, sobald du wieder in Pau bist. Du wirst mich nicht davon abhalten, endlich diesen wirklich notwendigen Schritt zu tun. Sie muss wissen, ja, sie hat ein Recht darauf zu wissen, dass du seit geraumer Zeit eine ernste Beziehung hast! Wenn ich dir so wichtig bin, wie du immer wieder betonst, musst du dich von deiner Frau trennen oder sie sich von dir. Verzeih mir mein eigenmächtiges Handeln, aber es muss jetzt sein. Du schiebst immer wieder alles auf die lange Bank. So kann ich nicht mehr weiter machen, mein Leben ist unerträglich geworden. Ich liebe dich und bitte, versteh' mich, deine Jennifer."

Beide Männer schweigen lange. Endlich sagt Will leise: „Im Grunde hätte ich's wissen müssen,

Jennifer ist ähnlich resolut wie Natalie. Immer wieder hat sie mich gedrängt, ich solle mit ihr reden. Ja, ich hab' sie vertröstet. War nicht ehrlich zu ihr …" Pierre zögernd: „Wie, nicht ehrlich? Für dich ist sie also eine Affaire, und das hast du nicht klargestellt, und für sie ist es ernst?" Will nickt, ohne Pierre anzuschauen: „Weißt du, ich bin so oft von zu Hause weg, es ist alles so anstrengend, bin oft so furchtbar erschöpft, brauche Entspannung, irgendwie eine liebevolle Umgebung …" „Lieber Will, ich bin nur ein einfacher Mann und kann dir nur einen einfachen Rat geben, aber diese Lösung, die du da für dich gefunden hast, nein, das geht überhaupt nicht." Nun wird er heftig: „Du kannst doch nicht beiden Frauen heile Welt und Liebe vorspielen! Wirklich beiden! All diese Heimlichkeiten, die Lügengespinste – das kann doch nicht gut gehen, und genau das ist es, was dich in Wahrheit umbringt, mehr als all deine Arbeit. Liebst du überhaupt eine oder vielleicht gar keine?" Er verkneift sich gerade noch zu sagen: "Oder vielleicht nur dich?" Will sitzt wie erschlagen da, starrt auf den Boden, sagt nichts.

Pierre ist aufgestanden, er geht in der Stube hin und her mit einem Gesicht, als sei er selbst der Betroffene. „Wie gesagt, ich bin nur ein einfacher Mann, und meine Überlegungen sind einfach: Ist es vielleicht so, dass deine Frau zu perfekt ist, dass du dadurch unter Druck gerätst? Ich kenne sie ja nicht, aber du redest nur in den allerhöchsten Tönen von ihr. Du musst immer nur in deinen Job glänzen, alles andere scheint sie ja in der Hand zu haben. Ist es das, brauchst du Selbstbestätigung – oder schlimmer, willst du dich irgendwie unbewusst an ihr rächen?" Pierre erschrickt über seine Worte, das hätte ihm nicht rausrutschen dürfen. Will stöhnt leise. Pierre verlässt die Hütte, geht ein paarmal draußen auf und ab, das beruhigt ihn etwas.

Als er wieder hinein geht, liegt Will zusammengekrümmt auf der Pritsche und schluchzt leise. Pierre fühlte sich vollkommen hilflos. Wie ist bei ihm doch alles so viel einfacher: Er ist die Hälfte des Jahres weg, und wenn er nach Hause kommt, freut er sich auf seine Frau und sie sich auf ihn. Sie haben ihr Auskommen, vorausgesetzt mit den Schafen läuft es glatt. Die Kinder sind gut geraten. Er kann zufrieden sein. Diese komplizierte Welt von Will versteht er nicht. Mit einem Anflug von Ärger fragt er sich, warum er sie überhaupt verstehen will. Wie kann sich ein Fachmann wie Will in eine solche Lage bringen? Unfassbar. Trotzdem, er tut ihm von Herzen leid. Schließlich sagt er besänftigend: „Will, komm mit zu mir hinauf in meine Hütte, die Bewegung wird dir guttun. Du bleibst solange du möchtest. Wir reden so wenig wie früher, und du ordnest in Ruhe deine Gedanken, es wird sich ein Weg finden. Du musst dir einfach klar werden, was dir wichtig ist und was du willst. Vielleicht kannst du dann deiner Frau gegenübertreten. Es ist selten alles verloren."

Will richtet sich auf, ein hilfloses, verheultes Kindergesicht blickt Pierre an und fragt mit zitternden Lippen: „Darf ich auch mit – wenn ich – wenn ich dir sage, dass es viele Jennifers gibt?"

Die Geister, die ich rief

Die Geister, die ich rief

Ihr Kaffee ist ausgetrunken. Elsa stellt ihr Glas auf den Balkontisch und wundert sich, wie lange der Dampf noch aus dem leeren Glas aufsteigt. Eine gefühlte Minute?

Heute ist der Tag, an dem sie ihn trifft. Noch sitzt sie im Bademantel auf dem Balkon und überlegt, was sie anzieht. Keine Idee, sie weiß es nicht.

Zum ersten Mal in ihrem Leben hat sie auf eine Kontaktanzeige geantwortet. Sie hatte sich Mut angetrunken, bevor sie den Mann: 57, Akademiker, Raucher, liebt Kunst und Kultur und gutes Essen, angerufen hat. Das Handy hatte gerade einmal geklingelt, da hörte sie seine rauchige Stimme, die ihr sofort sympathisch war. Sie kamen ins Gespräch und unterhielten sich, als würden sie sich kennen. Sie hatte sich gerade die zweite Zigarette angesteckt und ihr leeres Glas nachgeschenkt, als er sie fragte: „Was trinken Sie gerade?" „Rotwein." „Oh, den habe ich auch gerade im Glas", war seine Antwort. „Na denn mal Prost, aufs Leben! Ich heiße Egon, wollen wir uns duzen?" Elsa bejahte seinen Vorschlag spontan, sie hatte sich mit Vor- und Nachnamen am Handy gemeldet und ihn gesiezt. Aus der Anzeige war klar zu erkennen gewesen, dass beide in Berlin lebten. In welchem Stadtteil er denn wohne, fragte Elsa ihn. Seine Antwort: „Mitte."

„Ach nee, ich wohne in Kreuzberg, dann sind wir ja fast Nachbarn."

Egon übernahm das Wort und sagte: „Machen wir Nägel mit Köpfen? Wann hast du Zeit, dass wir uns in meinem Lieblingscafé Rosy in der Linienstrasse treffen? Ich lade dich zum Frühstück ein." Elsa schwieg einen Moment und dann schlug sie vor: „Übermorgen, am Dienstag. Ich könnte um 11 Uhr da sein!" Daraufhin Egon: „Super, ich bin da und sitze gleich rechts neben dem Tresen in der Ecke, das ist mein Stammplatz. Ich freue mich, bis dann Elsa!"

Zwei Tage später. Elsa schaut auf ihr Handy, es ist erst 9 Uhr. Die Sonne scheint, ihr ist plötzlich mulmig zumute. Soll sie einfach nicht hingehen? Er hat ja nicht ihre Adresse, nur ihre Mobiltelefonnummer. Angst vor der eigenen Courage? Feigling, denkt sie bei sich. Wer A sagt, muss auch B sagen. Also ab unter die Dusche!

Während des Haarewaschens entscheidet sie, was sie anzieht. Das, was sie am liebsten trägt, Schwarz, ihre Winterfarbe, aufgemischt mit einem bunten Seidenschal und passenden Ohrringen. Es ist April, noch kühl, nicht wirklich Frühling.

Sie schminkt sich wie immer: Wimperntusche, etwas Rouge und Puder und Lippenstift mit wenig

Farbe. Sie hat ihm nicht gesagt, dass sie 8 Jahre älter ist als er und schon zweimal geschieden. Ihre beiden Männer waren jeweils über 10 Jahre älter als sie. Aber Elsa hat keinen Bock mehr auf so alte Knacker! Noch einen Blick in den Spiegel, dann auf die Uhr…, oh sie muss los!

Sie nimmt die Bahn. Am Kottbusser Tor steigt sie ein und fährt bis zum Alexanderplatz, von dort sind es noch ungefähr 10 Minuten zu Fuß. Sie kennt das Café, war schon mal mit ihrer Freundin Lilly da.

Kurz vor 11 Uhr betritt sie den Laden. Fast alle Tische sind besetzt. Ihr Blick schweift in die Ecke rechts vom Tresen. Dort sieht sie einen bärtigen, gutaussehenden Mann mit Mütze, der ihren suchenden Blick sofort auffängt, indem er mit seiner rechten Hand ein Winkzeichen gibt. Erleichtert geht sie zu seinem Tisch und sie begrüßen sich per Handschlag. Egon hilft ihr aus ihrer Jacke und hängt sie über die Stuhllehne. Sie nimmt ihm gegenüber Platz. In dem Moment, in dem Egon sie anlächelt und seinen Mund öffnet, um etwas zu sagen, hört sie plötzlich hinter sich eine ihr wohlbekannte männliche Stimme, die sich mit einer sirenenhaften weiblichen lauthals zu streiten scheint. Sie schaut sich um und traut ihren Augen nicht. Es ist ihr Ex-Gatte Hans mit seiner Geliebten.

Walpurgisnacht

„Egon", flüstert sie und beugt sich über den Tisch zu ihm. „Egon, ich muss dich um einen Gefallen bitten! Können wir woanders hingehen? Jetzt sofort? Ich erkläre alles unterwegs ..."

Egon schaut sie an, einen kurzen Moment lang hebt sich eine Augenbraue fragend, dann nimmt er schwungvoll ihre Jacke wieder von der Armlehne und legt sie ihr über die Schulter. Seite an Seite verlassen sie das kleine Café und gehen im stummen Einverständnis ein paar Schritte die Straße entlang bis zur nächsten Kreuzung.

„Puh!", seufzt Elsa. „Das ist ja gerade noch einmal gut gegangen." Sie blickt forschend hoch in Egons Gesicht – Mann, ist der groß, denkt sie. Wunderbar, ich stehe auf große Männer. Und Humor hat er auch, denn ganz offenbar genießt er diese kleine Scharade. Das sind eindeutig Lachfältchen, die sich da um seine Augen bilden. Kein Wort sagt er, wartet nur ab. Sie seufzt noch einmal und blickt mit tragikomischem Augenaufschlag zu ihm hoch. „Das war mein Exmann. Der da im Hintergrund und die, die in ankeifte, das ist seine Geliebte."

„Hmmm", brummt Egon. „Wollen wir einfach ein Stück gehen? Ist doch schon schön draußen und vielleicht finden wir ja hier auch noch ein anderes

Café. Auch wenn mich dein Exmann nicht gestört hätte."

Elsa geht neben ihm. Lustig, er ist so groß und doch kann sie leicht mit seinen langen Schritten mithalten. Er passt sich automatisch an, denkt sie. Wow, so etwas gibt es! Hans wäre schon an der nächsten Ecke gewesen, bevor er gemerkt hätte, dass sie nicht mitkommt.

Sie gehen und gehen. Elsa blickt in den Himmel. Bald wird es Frühling sein in Berlin. Wenn die Blattknospen an den Bäumen sich nach und nach öffnen und das Grau der Straßen plötzlich verschwindet unter einem zartgrünen Schleier. Das ist eigentlich der schönste Monat, denkt sie. Ich muss etwas malen, das das zum Ausdruck bringt. Dieses Grün hat es verdient, festgehalten zu werden. „Ich glaube, ich muss im nächsten Monat noch einmal durch diese Straße gehen", hört sie da Egon neben sich murmeln. Sie weiß nicht, ob er mit ihr spricht oder mit sich. „Mit dem Fotoapparat. In dieser Allee wird das Maigrün perfekt sein. Ich liebe dieses zarte Grün, das den grauen Häuserschluchten ein Lächeln verleiht, das muss ich aufnehmen. Oder ich muss es zumindest versuchen." Er bleibt stehen und blickt sie an. Er hat mit ihr gesprochen, ganz eindeutig. Sie kann nicht anders, sie strahlt. Das ist zu gut, um wahr zu sein. „Da drüben", zeigt sie auf ein Fenster, in das jetzt gerade ein breiter Sonnenstrahl hineinfällt, der sich irgendwie durch die grauen Wolken gebahnt hat. „Wollen wir da drüben hineingehen? Das sieht aus wie ein Café und mit der Sonne werden wir uns fühlen wie in Italien." Wieder dieses Brummen. Jetzt ist sie ganz sicher, dass es ein Lachen ist. Er hakt sie unter und als sie sich an den kleinen runden Tisch setzen, der gerade in „ihrem" Fenster frei geworden ist, sind sie schon keine Fremden mehr. Zwei Tassen Milchkaffee dampfen zwischen ihnen und die Sonne lässt ein paar Staubkörnchen funkeln.

„Okay", sagt sie plötzlich entschieden. „Es ist nicht nur, dass das mein Exmann war und die Frau, die er dabeihatte, seine Geliebte, das ist ...", sie schluckt, „das ist oder vielleicht sollte ich sagen, das war meine beste Freundin. Und ich bin an allem schuld."

Noch mal davongekommen

„Nein, auf keinen Fall werde ich ihn Dir vorstellen." Elsas Stimme überschlägt sich und verschluckt sich mit dem letzten Schluck des Rotweins. „Das passiert mir nie wieder, meine Männer sind für meine Freundinnen tabu."

Sie spürt, wie dünnhäutig sie bei diesem Thema geworden ist. Es war Egon gelungen, ihr die ganze Geschichte buchstäblich aus dem Herzen zu reißen. Dabei hatte sie gedacht, dass diese Wunde endgültig geschlossen war. Er hat es geschafft, sie zu öffnen. Dieser Fremde, den sie kaum kannte, ist in sie eingedrungen und sie hat es ihm erlaubt, ihre Scham, ihre Angst und ihre Sehnsucht zu erfahren. „Ja, und jetzt hat er dich in der Hand, du hast dich ihm ausgeliefert", zetert Johanna am anderen Ende der Leitung. „Hast dir selbst das Lindenblatt zwischen die Schultern gelegt, du kleine Beziehungsheldin." Elsa klemmt sich das Handy zwischen Kopf und Schulter und mixt sich ihren Spezialdrink, vom Rotwein hat sie erstmal genug. „Aber er ist doch perfekt", sie balanciert das Glas in der rechten und ein Stück Käse in der angewinkelten linken Hand. „Wie Quasimodo", denkt sie, „ob er das auch noch attraktiv finden würde?" „Bist du noch da?" Johanna wartet keine Antwort ab. „Dein Traumprinz ist mir nicht geheuer. Der konnte es doch gar nicht abwarten, sich an dich ran zu schleichen und dann noch die Nummer mit dem Maigrün, er hat doch genau gemerkt, was Sache bei dir ist." Elsa schüttelt den Kopf. Mutig vom Alkohol und gerade rechtzeitig, bevor der es schafft, sie wütend werden zulassen, tippt sie auf den roten Telefonhörer im Display.

Sie setzt sich in den Rattan-Sessel auf dem Balkon und lässt noch einmal den gestrigen Tag an sich vorüberziehen. Er hat sie wirklich beeindruckt, auf den ersten Blick war sie von ihm überzeugt und als er sie so einladend anstrahlte, gab es für sie keinen Zweifel, dass es ihm ähnlich ging. Die Episode mit Hans und seiner, sie weiß überhaupt nicht wie der Beziehungsstatus da gerade ist, dann also besser mit ihrer keifenden Exfreundin, war nicht so relevant, wie sie es angedeutet hatte. Sie wollte sich nur nicht den Augenblick verderben lassen. Damit hatte sie ihn geradezu eingeladen, ihr Retter zu sein. Er hat dies vortrefflich genutzt. Wieso fällt ihr gerade jetzt die Karikatur von René Bull ein, der Sir Walter Raleigh zeigt, wie er seinen Mantel über eine Pfütze legt, damit Queen Elizabeth I trockenen Fußes darüber gehen kann. „Devot und ergeben", sie runzelt unwillig die Stirn, kippt den Rest des Alkohols in den Blumenkübel und geht in die Küche, um sich einen Espresso zu machen.

„Devot und ergeben", murmelt sie vor sich hin. Die ganze Zeit hat er kaum etwas gesagt. Er hat sie beobachtet oder besser gesagt studiert und nur reagiert auf alles, was sie sagte und tat. Er passte sich an und bot scheinbar absichtslose Nähe. Sie belohnte ihn mit ihrer Geschichte – wie ein offenes Buch liegt sie nun vor ihm. Das Display auf dem

Handy zeigt seine Nummer, noch bevor der Klingelton ertönt. Manchmal hasst sie ihre bildreiche Fantasie, die ihr in diesem Moment den charmanten Charlie Chaplin vor Augen hält, wie er sich im Film ‚Der Heiratsschwindler von Paris' an ältere Frauen heranmacht und sich als Monster durch die Stadt mordet.

Sie wartet den letzten Klingelton ab und wählt dann die Nummer von Johanna. „Bitte komm, komm schnell. Ich glaub, ich habe einen ganz großen Fehler gemacht."

Santana

Johanna zischt sie an: „Sorry, Elsa, Du gehst mir auf den Geist mit Deinen Liebesdramen. Dir ist nicht zu helfen. Egal, welche Ratschläge ich Dir gebe, du tust sowieso was du denkst. Ich habe keine Lust, dich zu treffen. Gehab dich wohl." Aufgelegt.

Elsa kann ihren Tränenfluss nicht bändigen. Jetzt nicht heulen denkt sie und spricht laut mit sich selbst. „Hättest du das bloß nie erzählt! Bist doch alt genug, dein Leben selbst in die Hand zu nehmen. Lass deine Freundinnen raus. Die Selbstzweifel musst du mit dir ausmachen, mit dir ganz allein. Du solltest aus deinen Erfahrungen gelernt haben. Warum kannst du nicht deine Schnauze halten? Was ist die Ursache deines Kommunikationszwangs? Ist es die Angst vor den eigenen Gefühlen? Vielleicht kommt dein Mitteilungszwang aus Kindheitstagen." Sie erinnert sich an Sätze wie: „Halt den Mund, sei still, wenn Erwachsene reden, spricht man nicht, man redet nur, wenn man gefragt wird." Hat sich das in ihrem Gehirn eingemeißelt und sich irgendwie ins Gegenteil der elterlichen Anweisungen gedreht? Elsa hat aufgehört zu heulen. Sie sitzt wieder im Rattan-Sessel, schließt die Augen und scrollt ihr Leben zurück.

Hans hatte sie in der Kommune in Schöneberg kennengelernt, sie waren 10 Leute und fast alle in der ‚Liga gegen den Imperialismus'. Mindestens dreimal pro Woche traf man sich zu Versammlungen und fast jedes Wochenende waren sie auf Demos. Studiert wurde nebenbei auch, Hans BWL und sie Medizin. Ulrike kam später dazu, sie kam aus einem kleinen Kaff aus Bayern und wollte Kunsterzieherin werden. Heimlich wurde sie ‚Mauerblümchen' genannt, sie war schüchtern und sprach nicht viel.

In ihrer Kommune wurde die ‚Freie Liebe' Dank der Erfindung der Pille ausgiebig praktiziert. Ihr wird jetzt noch ganz schwindlig, sie weiß nicht mehr, mit wie vielen Männern sie es getrieben hat. Waren es 50 oder 100? Ihr fallen kaum noch Namen oder Gesichter ein. Hans, in den war sie richtig verknallt und er in sie.

Elsa, sie war es, die Ulrike zur Liebe zu dritt eingeladen hatte! Neben Alkohol gab es viele Drogen, die ausprobiert werden wollten. Von Gras bekam sie Panikattacken, während alle anderen sich kaputtlachten. Ulrike entpuppte sich mit Dope als Sexbombe und brachte alle Männer zum Rasen. Ach, Hans! Elsa kann sich gut an ihre damalige Eifersucht erinnern, nie hat sie darüber gesprochen, das galt als kleinkariert und bürgerlich. Dann trotz Pille im 4. Monat schwanger. Heulend vom Frauenarzt kommend, fiel sie Hans in die Arme und stammelte: „… zu spät für eine Abtreibung." Sie kann sich wie heute an seine Antwort erinnern: „Elsa, ich liebe dich und das Kind kriegen wir zusammen groß." Sie heirateten heimlich. Das Kind verlor sie im 7. Monat.

Nachdem die Schöneberger WG aus politischen und sozialen Gründen zerbrochen war, lebte sie mit Hans eine gutbürgerliche Ehe. Beide hatten gute Jobs und der Kapitalismus mit all seinen Angeboten, wie teure Reisen, gutes Essen mit hochpreisigen Weinen und Kultur, zog in ihr Leben ein. Als sie dann eines Tages früher als angesagt von einer Tagung zurückkam und Hans und Ulrike in ihrem gemeinsamen Ehebett vorfand, war's um ihre

Beziehung geschehen. Sie beichteten, dass sie seit den Kommunezeiten regelmäßig Sex hatten. Daraufhin zog sie aus. Aber das ist längst Schnee von gestern.

Elsa betrachtet sich im Badezimmerspiegel: „Du siehst beschissen aus." Die Wimperntusche hat sich unter den geschwollenen Augen im Gesicht verteilt. Nachdem sie alle Spuren beseitigt hat, geht sie in die Küche, nimmt sich die teuerste Rotweinflasche aus dem Regal und schenkt sich ein Glas ein. Dann greift sie zum Handy und wählt Egons Nummer.

Seine rauchige Stimme geht ihr runter wie Öl, als er zu ihr sagt: „Schön, dass du dich meldest, hast du Lust, morgen mit mir ins Konzert zu kommen, ich habe zwei Karten für Santana?" Das ist Elsas Lieblingsband!

BUCH 3
Quer

Abgeliebt

Kürbissuppe

„Entweder mache ich mir Sorgen oder etwas zu Essen. Meistens ist es das zweite, denn mit jedem Bissen verschlucke ich einen Teil der Probleme des Tages ...", Martha genoss die ersten Lacher in der Vorstellungsrunde, „... und mit jedem Schluck eines passenden Weines spüle ich den Rest der zurückgebliebenen Ärgernisse hinterher." Der Tag begann vielversprechend, sie war in der neuen Gruppe angekommen und am Abend wollte sie den neuen Auftrag mit ihren Freunden feiern.

Am Morgen danach steht Martha in der Küche und führt Selbstgespräche. Das ist ihre Lieblingsbeschäftigung zwischen Feierabend und Fernsehsessel. Wie in der Kochsendung, nur ohne Jamie Oliver, gibt sie sich selbst Regieanweisungen. Während die Hände mit konkretem Tun beschäftigt sind, versetzt sie sich beim Schnippeln von Gemüse und Kräutern in drehbuchreife Tagträumereien, die in bewegten Bildern aus ihr heraussprudeln. Heute geht alles etwas langsamer. Kopf wie Hand befinden sich in lähmender Gefangenschaft durch den Einfluss von ... „Ja, wovon denn eigentlich?" Sie versucht sich zu erinnern.

„Ich hatte Mumm bestellt – einen Piccolo. Alles wie immer, aber der erste Schluck schmeckte anders als gewohnt – etwas seifig." Unbemerkt hat sie sich in ein Selbstgespräch verwickelt. Sie erinnert sich an den Mann neben ihr an der Theke, mit dem sie schon eine Weile im Gespräch war und der dann eine komische Bemerkung zum Sekt machte. „MM, Mumm, Metternich, das ist doch sowieso alles Rotkäppchen." Danach hatte sie einen Filmriss.

„Ich hatte einen Filmriss wegen totaler Trunkenheit? Das kann doch nicht wahr sein!" Wieder spricht sie laut mit sich selbst, während sich in wildem Wirbel Kürbis, Kurkuma, Chiliflocken und Ingwer miteinander vereinen. Das laute Kreischen des Pürierstabes unterbricht den Monolog, aber nicht ihre Gedanken. Der Mann an der Theke war Zimmermann wie ihr Vater und hatte sich sogar an das silberne Firmenschild mit der Aufschrift Luttgar & Luttgar erinnert, der Firma, in der ihr Vater gearbeitet hatte.

Sie fügt der zermalmten Kürbismasse im Topf eine Dose Kokosmilch light hinzu. Die mit wenig Fett, in der Hoffnung, selbst bei diesen großen Sorgen im Rahmen der vorgegebenen Fettmenge von Weight Watchers zu bleiben.

Wieder kommen neue Erinnerungen. Versatzstücke eines Abends, der ohne kontrolliertes Ende blieb. Seine Augen ..., die lässt sie jetzt in der Erinnerung auf sich wirken. Dunkelblau, fast schwarz und von oben herab senkten sie sich in ihre und dann in ihren Ausschnitt. „Was war mit diesem Mann los?"

Sie bekommt die aufkeimende Angst nicht in den Griff, schüttelt den Tagtraum ab und nimmt eine kleine Apfelsine, die sie ausdrückt, um der süßlich-scharfen Suppe den Hauch von Säure zu geben, der alle Geschmacksnuancen hervorhebt. Das Essen ist fertig. „Ein junger Wein würde jetzt gut dazu passen", murmelt sie vor sich hin.

Auf der ersten Treppe, die aus der Wohnung durch das Treppenhaus, in den Keller zum Weinregal führt, kehrt sie um. Geht mit weichen Knien zurück in die Küche und rührt gedankenverloren in der Suppe herum. Was war passiert? Er hatte sie angefasst! Ja, sie spürt noch seine großen Zimmermannshände auf ihren Oberschenkeln. Als sie ihn abwehrte und trotzdem, peinlich berührt, das Sektglas leerte, sah sie noch sein süffisantes Lächeln und ab dann nichts mehr.

Ein schrilles Klingeln reißt sie aus den Gedanken. Das Telefon. Vorsichtig nimmt sie den Hörer ab. „Hallo", sagt sie leise.

„Martha, bist du es?" Es ist Chris, ihr bester Freund, erleichtert erkennt sie seine Stimme. „Ja, ich bin´s." Sie schämt sich, ohne zu wissen warum. In die Stille prasseln die erlösenden Worte. „Bist du ok? Konntest du schlafen? Wir machen uns Sorgen. Ich habe von Kim gehört, dass sie dich sicher nach Hause gebracht hat. Wir mussten das Schwein erstmal vor die Tür setzen und dann ist er uns entkommen." Fröstelnd zieht sie die Schultern nach oben.

„Ja, alles ist gut. Meine Kürbissuppe ist gerade fertig. Willst du vorbeikommen?" Und als sie erleichtert seine Zustimmung vernimmt, fügt sie hinzu: „Bring einen Wein mit!"

Aromen

Während Martha auf Chris wartet und den Tisch liebevoll deckt, geht ihr eine Menge durch den Kopf. Sein angekündigter Besuch wirkt auf sie wie eine Erlösung. Die Spannung löst sich spürbar körperlich, sie atmet aus, ihre Schultern senken sich, sie richtet sich auf und fühlt sich auf einmal zuversichtlich. Alles wird gut! Dieses Gefühl möchte sich in ihr einnisten und sie will es gerne zulassen. Trotzdem, immer noch besuchen sie kleine, zweifelnde Gedankenfetzen, die sie nicht so leicht beiseite wischen kann. Sie legt ruhige Musik auf, dann schaut sie in das Regalfach mit den Papierservietten und sucht besonders hübsche aus. Soll sie sie einfach so, einmal in der Mitte gefaltet, neben die Teller legen? Chris wäre es egal, das weiß sie. Er macht sich nichts daraus. Aber ihr ist es wichtig. Sie liebt es, wenn die Farben zueinander passen, wenn das Gesamtambiente stimmt. Und bei Kürbissuppe sind die Farbklänge ja klar. Gelb- und Orangetöne mit etwas Grün und vielleicht ein bisschen Rot und Weiß, dann wäre es perfekt. Martha setzt sich an den Tisch und beginnt, die Servietten zu kunstvollen Gebilden zu falten. So hat sie es als Kind schon gemacht. Für so etwas hat sie ein Gedächtnis, aber für anderes so gar nicht. Marthas Gedanken schweifen ab zum gestrigen, äußerst seltsamen Abend. Wieder befällt sie dieses komische Gefühl. Sie erinnert sich eigentlich an nichts so richtig, aber dennoch an etwas. Schemenhaft an seine Stimme, seine Augen, seine Hände und ... sie kann den Gedanken kaum fassen, so flüchtig ist er. Es war sein Geruch. Ja! War es sein Atem? Es war eine Mischung aus säuerlichem Gestank und scharfer Zwiebel. So als hätte er jede Menge roher Zwiebeln gegessen. Und Alkohol. Er roch auch nach Alkohol. Der Geruch war eine Mischung aus Zwiebeln und Schnaps. Viel Schnaps. Martha hat den Eindruck, den Geruch erneut wahrzunehmen und beginnt zu würgen. Sie dreht ihren Kopf mit verzerrtem Gesicht zur Seite. In diesem Moment klingelt es an der Tür. Nach Luft schnappend steht sie schnell auf, läuft in den Flur und öffnet ihre Wohnungstür. Es ist Chris. Endlich! „Martha! Was ist mir dir? Alles in Ordnung?", fragt er und streckt seine Arme aus, in einer Hand eine Flasche Wein. Er umarmt Martha, bei der sich jetzt ein Schluchzen löst, ganz fest und sagt: „Alles wird gut. Beruhige dich. Jetzt bin ich ja da."

Sie setzen sich an den schön gedeckten Tisch. Martha hebt den Deckel des Suppentopfes an und wohlriechender Dampf steigt auf. „Martha, du bist eine Spitzenköchin", lobt Chris, nachdem er die ersten Löffel der cremigen Suppe probiert hat. Dann schenkt er den Wein ein. Nach ein paar Schlucken entspannt Martha wieder sich ein wenig und sie sprechen miteinander über dies und das. Langsam, während sie die köstliche Suppe genießen, nähern sie sich dem Thema, das sozusagen auf der Tagesordnung steht. „Und du erinnerst dich wirklich an nichts?", fragt Chris noch einmal. „Doch, mir ist gerade eingefallen, dass er sehr unangenehm gerochen hat. Nicht nur nach einer Mischung aus rohen Zwiebeln und Alkohol, da war auch noch eine andere Nuance. Irgendwie roch es holzig, so ähnlich wie Baumharz", erwidert Martha. „Er hat dir K. O.-Tropfen ins Getränk gemischt, das weißt du doch, nicht wahr?" „Jetzt ja, deshalb roch der schöne Sekt auch so seifig. Aber mal ehrlich, wie hatte er sich das eigentlich vorgestellt? Wollte er mich, bewusstlos wie ich war, vor den Augen aller Leute über die Schulter werfen und mitnehmen?" „Wie ein

Steinzeitjäger seine Beute!" Chris grinst süffisant und beide müssen auf einmal herzhaft lachen. „Hattest du ihn vorher schon mal gesehen?" Ohne zu zögern, antwortet Martha: „Nein, ich kannte ihn nicht, unterhielt mich aber ein wenig mit ihm, nachdem er mich angesprochen hatte. Er sagte, er sei Zimmermann. Und so kamen wir im Gespräch auf meinen Vater, der denselben Beruf hat." Chris zieht die Augenbrauen hoch. „Das klingt interessant." Martha stutzt. „Du meinst, diese Aktion könnte etwas mit meinem Vater zu tun haben? Kann ich mir eigentlich nicht vorstellen, obwohl – der Typ erinnerte sich tatsächlich an das alte Firmenschild der Zimmerei, in der mein Vater früher gearbeitet hatte." „Vielleicht gibt es da einen Zusammenhang. Wie alt war der Mann eigentlich?" Martha überlegt. „Schwer zu sagen, auf jeden Fall älter als ich. Mir fiel auf, dass er eher ärmlich gekleidet war. Und er trug einen Ring am kleinen Finger der linken Hand." Chris legt das Besteck beiseite, greift zum Weinglas und lehnt sich zurück. „Ich fasse mal zusammen. Ein älterer, stinkender Zimmermann begrapscht dich ungebetenerweise mit seinen Pranken und glotzt mit blauschwarzen Augen in dein Dekolleté. Um dich nicht umgarnen zu müssen oder weil er weiß, dass er eh keine Chance hat und der Duft seines Rasierwassers ‚L'ognon et la résine' nicht die gewünschte Wirkung zeigt, betäubt er dich mit K.o.-Tropfen, die er heimlich aus seiner ärmlichen Jacke holt. Richtig?" „Geifernd hast du noch vergessen", ergänzt Martha und muss wieder lachen. Die Anwesenheit ihres alten Freundes und das Herumblödeln tun ihr gut und helfen ihr bei der Verarbeitung des unangenehmen Erlebnisses. „Na, auf jeden Fall hat er sich strafbar gemacht. Ich denke, die Polizei wird ihn bald gestellt haben, viele Leute haben ihn ja gesehen." Auf einmal hält Martha inne und starrt einen Moment lang vor sich hin. „Warte mal", sagt sie, „da war noch etwas anderes ..."

Erinnerungen

Langsam, ganz langsam macht Hannes die Augen auf. Es ist gar nicht so einfach, klar zu sehen. Denn aus der Tiefe des Schlafes aufzuwachen, ist eine Kunst. Dieses Land unter dem Wachsein muss eine andere Schwerkraft besitzen. Es hält die Muskeln und die Seele länger fest und flößt Trägheit und Benommenheit denen ein, die sich dort unfreiwillig oder freiwillig aufhalten. Und dann kommt ein Lichtschein, eine Idee, ein Impuls und löst die Schwere ganz langsam auf.

Der Rülpser gerade hat nach Zwiebel geschmeckt. Widerlich und fremd. Hannes stöhnt.

Und jetzt riecht er noch etwas. Nicht wirklich stark, aber gerade stark genug, um seinem Gehirn die Erinnerung an Essen zu entlocken.

Essen, knurrt sein Magen und liefert die Übelkeit gleich hinterher. Hoher Seegang und fiepender Hunger vertragen sich nicht, das kennt er nur zu gut. Und dann wird der Geruch stärker. „Kürbissuppe, verdammt", knurrt Hannes, „nicht schon wieder Kürbissuppe." Seine Mutter klatschte ihm den dicken Brei, mit den Resten der Woche darin versteckt, auf den Teller. Verdammt, wie er Kürbis hasst, Kürbissuppe, den Hunger, das Würgen und überhaupt. Aber seine Mutter ist tot. „Seit drei Jahren oder sind es schon vier Jahre", überlegt er, „liegt sie mausetot auf dem Ohlsdorfer Friedhof." „Aber wo liege ich dann, verdammt?" Ganz eindeutig liegt er nicht in seinem eigenen Bett.

Seine Augen tasten die niedrige Decke ab, alles abgeklebt mit Dämmmaterial und aus den Augenwinkeln meint er ein Schlagzeug zu sehen. Und gerade, als er seinen trägen Körper überreden will, trotz Seegang und Kopfschmerz sich aufzurichten, merkt er, dass etwas nicht stimmt. Arme und Beine stoßen gegen Widerstand, wenn er sie bewegt. Sein Körper ist in einem Sack bis zum Hals zu einem langen Paket verschnürt. „Hoffentlich geht's nicht nach Amerika", denkt Hannes und wundert sich über den Quatsch in seinem Kopf.

Er zwingt sich, an etwas anderes zu denken. Seine Lieblingskneipe, der vertraute Tresen, die Bedienung hinter der Theke, die ihn schon ewig kennt und das Glas Bier vor sich. Er riecht die herbe Würze und langsam normalisieren sich seine Atemzüge.

Das Bild des Tresens taucht wieder auf und mit ihm der letzte Abend. Voll war es, sehr voll und er hatte Mühe einen Platz zu ergattern, als er sie sah, diese lustige Frau mit ihrem Sektglas in der Hand und den Sommersprossen auf der Nase, die sich für ihn zu interessieren schien. Es passierte wirklich nicht so oft, dass eine Frau mit ihm flirtete und brachte ihn ganz durcheinander.

Wieso ihm die Idee mit den K.o.-Tropfen kam, wusste er nicht mehr. Und warum eigentlich er sie im Internet erstanden hatte, war ihm auch ein Rätsel. Dann schien alles ganz leicht und er freute sich auf einen aufregenden Abend. Martha wurde immer freundlicher zu ihm, schließlich trank er ihren Sekt aus und jetzt lag er hier.

Zwei Seiten einer Medaille

Er hält den Atem an und fühlt sich durch seinen Körper hindurch. Bewegt die Zehen an beiden Füßen, spannt seine Waden an und dann die Oberschenkel, nimmt einen tiefen Atemzug bis in den Bauch hinein und merkt dann, dass es in den Händen zu kribbeln beginnt. Seine Arme sind fest verschnürt und unbeweglich. „Könnte schlimmer sein", denkt er und versucht wieder seine Erinnerung zu aktivieren. Sie sprachen über die Firma Luttgar & Luttgar und als er ihr sagte, dass er mit dem Sohn des alten Besitzers in der Lehre war, da strahlte sie und kam ihm mit ihrem Sektglas etwas entgegen. Irgendwer aus der Familie arbeitete dort oder war dort beschäftigt. Sie beugte sich etwas vor, so als wollte sie mit ihm anstoßen. Er kam nicht umhin, ihr direkt in den Ausschnitt zu sehen.

Bei diesem Gedanken zieht er die Stirn kraus und schüttelt den Kopf. Seine Lage ist zu prekär. Er kann sich nicht gestatten, länger bei diesem Bild seiner Erinnerung zu verweilen.

Und dann hatte sie ihn spontan zum Essen eingeladen: „Es gibt Kürbissuppe, meine Spezialität", hatte sie gesagt. Daran erinnerte er sich jetzt genau und auch daran, wie seine Aufregung wuchs. Er trank viel zu viel, und auf einmal kippte die Stimmung. Er setzte seinen geübten Hundeblick auf. „So kriegst du jede Frau rum", hatte ihm Paul versprochen, mit dem er zuletzt auf dem Bau gearbeitet hatte. Aber sie, sie wurde merklich distanzierter. Er erinnerte sich, dass er kurz gezweifelt hatte, ob er ihre Botschaften falsch verstanden hatte. Aber er war nicht mehr zu bremsen gewesen.

Er schließt die Augen, so als könnte er in der Dunkelheit der Situation entfliehen, die ihm jetzt wieder in sein Bewusstsein schießt. Sie rutschte unruhig auf dem Barhocker herum, während er vor ihr stand, mit beiden Händen in der Hosentasche, und dabei die kleine Flasche entdeckte. In dem Moment, wo sie suchend nach ihren Freunden Ausschau hielt, schüttete er den Inhalt in ihr Glas. „Viel zu viel", dachte er noch, als sie das Glas an den Mund führte und kaum eine Minute später von Barhocker sank. „Hier droht Unheil", er erinnert sich genau an diesen Gedanken. Im Weggehen legte er einen 50-Euroschein auf den Tresen, trank intuitiv den Rest aus ihrem Sektglas und drängte sich an der Gruppe helfender Menschen vorbei. Eine schrille Frauenstimme wehte ihm hinterher: „Haltet ihn auf, er will verschwinden!"

Vor der Kneipe hatte eine Gruppe Motorradfahrer geparkt. „Du musst hier weg", sagte er sich beim Blick auf die Kutten der neuen Gäste. Instinktiv lief er in die völlige Dunkelheit, in Richtung des

Industriegebiets. Er kannte sich aus im Gewirr der Baustellen, eine Zeit lang hatte er sogar in einem der Bauwagen übernachtet. Dann hatten sie ihn umzingelt. Während er das Bewusstsein verlor, dachte er an den Ehrenkodex seiner kleinen Dorfbande, deren Vorbild die Rocker aus der Stadt waren. Es ging irgendwie um Härte gegen sich und gegen die Kumpels, aber Frauen werden beschützt – oder so.

Wieder schüttelt er sich die Gedanken der letzten Nacht aus dem Kopf und besinnt sich auf seine Situation. Er ist gefangen. Der Sack ist aus Jute und die kratzt durch das Hemd hindurch. Aber immerhin, der Kopf ist frei. Er bekommt Luft durch Mund und Nase. Sie wollten ihn also nicht umbringen. Aber was soll das hier? Soll er verhungern und verdursten? Befreien kann er sich jedenfalls nicht. „Hilfe", ruft er in die Halle hinein. Seine Stimme ist kraftlos. Er friert. Die Hoffnungslosigkeit lähmt seine Muskeln. „Hilf mir bitte", stammelt er vor sich hin, ohne zu wissen, an wen er den Wunsch adressieren soll. Und während sich erneut eine gnädige Ohnmacht seiner bemächtigt, hört er in der Ferne die Sirenen eines Rettungswagens.

Rebellion

Rebellin

Nein, sie hätte sich den Film nicht ansehen sollen. Doris hätte auf ihren ersten Impuls hören sollen. Aber die Cousine hatte ihn so sehr empfohlen: Sie müsse sich das unbedingt ansehen. Wen man da alles sähe! Und es dauere auch nur eine knappe Stunde. Der Film sei nur noch wenige Tage im Netz verfügbar. Den Link hatte sie mitgesandt. Also klickte Doris ihn an und blieb vor dem Bildschirm sitzen.

Sie hätte es wirklich sein lassen sollen. Die eine Stunde reichte, damit alles wieder hochkochte, was bis dahin friedlich irgendwo im Untergrund geschlummert hatte. Der Zusammenschnitt der Schmalfilm-Aufnahmen von mehreren ‚Vetterntreffen' aus den 1960er und frühen 70er Jahren katapultierte sie gefühlsmäßig um Jahrzehnte zurück. Der Film zeigte Männer, die sich mit untergeschlagenen Armen etwas befangen gegenüberstanden und redeten. Er zeigte Frauen, alle irgendwie ähnlich gekleidet in Rock und Bluse oder Kleid und ähnlich frisiert, die sich ebenfalls unterhielten. Sie immerhin standen sich nicht mit untergeschlagenen Armen gegenüber. Und er zeigte eine ziemlich große Schar Kinder. Anfangs waren sie noch klein, dann wurden sie größer, die Haare länger in dieser unvergleichlichen 70er-Jahre-Art, die damals alle trugen. Als die Kinder noch kleiner waren, überboten sich die Frauen darin, die Kinder zu bespaßen mit allerlei Ringelreihen. Später vergnügten sich die Jugendlichen selbst mit Ballspielen, einer Art Völkerball oder Volleyball, wie es aussah.

Sich selbst entdeckte Doris einmal als bezopftes Mädchen von vielleicht vier oder fünf Jahren im Sonntagskleid an der Hand ihrer Mutter. Und dann noch einmal ganz kurz, etwa zehn Jahre später, schmal und hoch aufgeschossen inzwischen, lange offene Haare, große Brille auf der Nase. Die leicht nach vorn geneigte Haltung mit zusammengezogenen Schultern beim ziellosen Gang alleine durch die hinteren Reihen der Menschenansammlung drückte mit jeder Faser aus: Ich wollte, ich wäre hier nicht, was soll ich hier, ich fühle mich fehl am Platz. Frappierend, dass diese wenigen Sekunden Filmsequenz ausreichten, um sie wieder in jenes unschöne Gefühlsgemenge des unglücklichen Teenagers zu versetzen. Schlagartig war ihr wieder klar, warum sie diese Treffen später nie mehr mitgemacht hatte. Ganz anders als ihre Schwestern, die sie öfter fröhlich durchs Bild hüpfen und mit den angeschwärmten Cousins Ball spielen sah.

Diese Teenagerjahre waren wirklich nicht toll gewesen. Wie eine zähe, klebrige Masse legte sich die alte Stimmung wieder über sie. Es kostete richtig

Anstrengung, nicht abzurutschen in eine depressive Gemütslage und sich wieder ungeliebt, unverstanden und gänzlich fehl am Platze zu fühlen. Sie hatte damals komplett dichtgemacht, war fest davon überzeugt, dass sowieso keiner verstehen könnte, wie es in ihr aussah. Wenn sie das doch einmal aussprach – sie erinnerte sich an ein Weihnachtsfest im Familienkreis – ging es erst recht schief. Ihr „Keiner versteht mich" wurde, gutmütig und freundlich, sogar ein wenig neckend, von ihrem Cousin gekontert: „Aber alle mögen dich!" Aber darum ging es ihr doch gar nicht! Und sie glaubte es sowieso nicht. Auf diese Weise wurde jeder Ansatz zum Gespräch gleich im Keim erstickt, sie machte wieder zu. Was sollte man dazu auch sagen?

Also wurde sie zur Auster und redete entweder gar nicht oder äußerte sich spöttisch, hielt die anderen auf Abstand. Oder sie lieferte sich endlose Diskussionen über irgendwelche Themen mit ihrem Vater. Die „gewann" sie nie und konnte sie nicht gewinnen. „Juristen haben immer Recht", pflegte ihre Mutter zu sagen und verließ irgendwann den Raum. Ihr werde schlecht, wenn sie sich das noch länger anhören müsse. Oh, heiliges Familienleben!

Aber irgendwann wäre das durchgestanden, die Schule abgeschlossen und dann käme – das stand nie in Frage – ein Studium. Dafür müsste Doris in eine andere Stadt ziehen. Eine Universität gab es am Ort nicht. Nie wäre sie auf die Idee gekommen, in der Stadt zu bleiben, in der sie zur Schule gegangen war, gar eine Lehre zu machen und, wie es der Vater sinnvoll gefunden hätte, Sekretärin zu werden. „Werde Chefsekretärin, die verdienen richtig gut!" Um Gottes Willen, bloß das nicht!

Eine pädagogische Hochschule gab es zwar, aber Volksschullehrerin, wie es damals noch hieß, wollte sie auf keinen Fall werden. Sie errichtete durch reichlichen Gebrauch ungewöhnlichster Fremdwörter für banale Alltagsdinge Mauern um sich herum, so dass ihre Schwestern nur noch stöhnend mit den Augen rollten. Ganz gewiss würde sie nicht Lehrerin an einer Volksschule werden. Sie war damals, in der Zeit um das Abitur herum, wirklich ein „charmantes Früchtchen" und hatte Eltern, Lehrern und Schulkameraden so einiges zugemutet, ging Doris jetzt durch den Kopf. Durch beste schulische Leistungen hatte sie sich unangreifbar gemacht und ein Bollwerk gegen väterliche Vorwürfe und schulische Forderungen gebaut. Und wenn man sie arrogant, schroff, abweisend fand, was machte das schon. Die geforderten Leistungen erbrachte sie ja. Eins war ihr klar: hätte sie erst das Abi in der

Tasche, dann wäre sie weg und würde sich hier nicht mehr blicken lassen. Sie würden schon sehen.

So weit

Und wie stolz er im Nachhinein gewesen war. Das Familienoberhaupt saß mit erhobenem Kopf in der ersten Reihe, als ihr das Abiturzeugnis überreicht wurde. Und trotzdem spürte sie einen leichten Stich und nicht das erwartete Hochgefühl ihres Triumphes. In den nächsten Tagen war Doris mit ihrem bevorstehenden Umzug beschäftigt. Freunde treffen, noch einmal zum See radeln und in der Dämmerung schwimmen. Alles nur noch einmal machen, sehen, riechen, erleben. Und dann weitergehen. Ihre Schwestern hatten seit Kurzem feste Freunde, und so wurde nachts heftig über den ersten Kuss diskutiert und rumgekichert. Sie fand es albern. Uninteressant. Und zog sich mit einem Buch von Sartre zurück. Über solche Dinge wie ‚das erste Mal‘ dachte sie nie nach. Sie war sich nur sicher, sie wollte nicht in einer Ehe enden. Die Freiheit der Verantwortung, das hatte sie bei Sartre gelesen. Dem stimmte sie aus vollem Herzen zu. Für alles verantwortlich sein bedeutete auch frei sein. Soweit malte sie sich ihre Zukunft aus. Als sie mit dem Fahrrad zum See kam, fielen die Sonnenstrahlen schon schräg auf die Wasseroberfläche. Rasch legte sie das Fahrrad in den Sand und streifte ihre Sachen ab. Es war nie schwer für sie gewesen, in das kalte Wasser einzutauchen, ihr Atem wurde langsamer, die Gedanken verloren an Störrigkeit. Hier war sie ganz bei sich. Es schien, als würde das Wasser alle Widerstände in ihr auflösen. Erst als sie aus dem Wasser kam, sah sie, dass sie nicht alleine am See war. Im Sand auf einem Badehandtuch saß die Postfrau mit ihrer Tochter. „Schön ist es hier, nicht wahr?", rief sie ihr entgegen. Doris erstarrte zur Salzsäule. „Ehm … ich … ich dachte, ich sei alleine", stotterte sie mit rotem Kopf. „Morgen geht es los, in die Freiheit, nicht wahr?" Die dunklen Locken fielen in das Gesicht der Postbotin. Ihre braunen Augen blickten sie offen und neugierig an. Sie war vor drei Jahren hergezogen. Die Leute in der Stadt redeten schlecht über sie. So wie sie immer über alles redeten. Diese Engstirnigkeit hier war unerträglich. Morgen würde Doris ihr neues Leben anfangen. Sie trocknete sich mit dem dicken blauen Handtuch ab und schaute dem kleinen Mädchen zu, wie es seine Füße in das Wasser hielt. „Ich bin Rebecca." Die Postfrau streckte ihr die Hand hin. „Ich bin Doris, aber das weißt du ja vielleicht." Rebeccas Aufmerksamkeit war vollkommen auf Doris gerichtet. „Ihr wohnt oben auf dem Hügel. Für mich eine andere Welt." Sie sagte das ohne eine Spur von Neid oder

Vorwurf. „Ich weiß ja nicht, wie es bei dir zu Hause war, aber ich bin froh, morgen gehen zu können", antwortete Doris. Rebecca sah zu ihrem Mädchen hin. „Da gibt es nicht viel zu erzählen. Ich bin früh von zu Hause weg. Geheiratet wegen der Kleinen. Aber dann kam der Tag, an dem alles vorbei war. Ihr Vater, mein Mann, kam bei einem Unfall ums Leben. Um es mir und der Kleinen leichter zu machen, sind wir fort. Hier gefällt es mir ganz gut. Schade, dass du weggehst." Wieder sah sie Doris an. „Möchtest du was trinken? Ich habe Brause eingepackt." Sie kramte mit beiden Händen im Picknickkorb und stellte zwei Flaschen auf die Decke. Doris nickte und griff sich eine der Flaschen.

Das Mädchen kam auf die beiden zugelaufen und hielt einen Stock in der Hand. Sie gab ihn Rebecca. Rebecca strich ihr über den Kopf. „Mein Engelchen, danke schön." Erst jetzt bemerkte Doris das Aussehen des Kindes. Die Augen traten aus den Augenhöhlen hervor. Der Mund stand offen und ein Rinnsal von Spucke lief ihr beständig aus dem Mund. Der linke Arm hing schlaff am Körper. Ein Fuß war stark nach außen gestellt. Jetzt verstand sie das Gerede der Stadtbewohner. Doris fühlte sich unwohl. Sie versuchte ihre Gedanken zu ordnen. Sie wusste, dass Rebecca auf irgendeine Reaktion wartete. Die durfte sie nicht in die Reihen der

Lästerer stellen. Ihre ganze gespielte Lässigkeit traf sie hart wie ein Schlagschatten. Wer war sie wirklich? „Hallo", sagte sie nach einer langen Pause zu dem Mädchen. Es kam mit ihrem Gesicht näher zu Doris, als könne es ihre Ängste lesen, etwas Falsches zu sagen. Es griff ihr in die Haare und lachte sie mit dem gleichen offenen Lachen wie Rebecca an. Doris entspannte sich augenblicklich. „Ich komme sicher an Wochenenden nach Hause, dann können wir etwas unternehmen." Rebecca lächelte sie erleichtert an und nahm ihre Hand. „So machen wir das." Sie blickten schweigend auf den See, von dem das Strahlen des Lichtes allmählich verschwand.

Alles, was in mir ist

Die erste Karte schrieb Doris aus Stuttgart. Rebecca schickte ein Bild vom See zurück. Sie hatte sich selbst, ihre kleine Tochter und Doris einfach in das Bild hinein gemalt. Alle drei saßen zusammen auf einer Decke. Unterschrieben war die Postkarte mit: Rebecca und Engelchen. Von da an schrieb Doris immer zwei Karten, eine an Rebecca und eine an Engelchen. Rebecca warf die Post in ihren Hausbriefkasten wie bei allen anderen in ihrem Postbezirk auch. Corinna, so hieß Engelchen mit ihrem richtigen Namen, sammelte ihre Post in einem Schuhkarton.

Die Wochen verstrichen. Doris stürzte sich in ihr naturwissenschaftliches Studium, das ihre ganze Energie und Zeit verlangte. Ihr Ziel war ein Stipendium an der Columbia-Universität in Manhattan. Weiter weg als Amerika konnte sie sich die Distanz zum Elternhaus nicht vorstellen. Die Brücke zur Heimat bauten die Briefe einer Frau, die ihr nahe war, obgleich sie sich kaum kannten und die Korrespondenz mit einem ‚Engelchen‘, das mit ihr durch den Stift der Mutter sprach und mit jedem Brief ein strahlendes Lächeln schickte. Rebecca schrieb über das Leben in der kleinen Stadt und berichtete von ihren Eltern. „Deiner Mutter geht es gut", schrieb sie, „ich sah sie auf dem Markt beim Einkaufen. Sie hatte sich bei deiner Schwester untergehakt und beide lachten über einen großen Kürbis, der zu einer Fratze geschnitten war." Engelchen schrieb über herabfallende Blätter, die der Wind zu luftigen Haufen zusammenfegt und die Musik machen, wenn man durch sie durchläuft. Einem Brief war ein Foto beigelegt. Corinna hatte aus Kastanien und Streichhölzern eine kleine Gruppe mit drei Figuren gebastelt. „Das ist meine Familie", schrieb sie dazu, und „ich vermisse Dich und Mama vermisst Dich auch." Doris sammelte ihre Briefe in einer alten Dokumentenmappe aus brüchigem Leder, die ihr der Vater zum 16ten Geburtstag überreicht hatte. „Pass gut darauf auf", seine Stimme war bedeutungsschwer, „die stammt von deinem Urgroßvater." Sie hätte schon gern ein brauchbareres Geschenk bekommen. Vielleicht ein Schmuckstück oder einen Berg neuer Bücher. Die Werte ihres Vaters waren für sie schwer verdaulich und trotzdem war die Tasche nun ihr ständiger Begleiter.

Weihnachten stand vor der Tür. Es wäre so einfach gewesen, ihr Fernbleiben vom Familientreffen mit der Semester-Abschlussarbeit zu erklären. Aber Engelchen schickte einen Wunschzettel mit dem letzten Brief. „Liebes Christkind", stand da, „ich habe nur einen einzigen Wunsch: Bitte schicke Doris nach Hause und sag ihr, dass unser See zugefroren ist. Deine Corinna." Doris nahm den kleinen geknickten Zettel mit zum Schreibtisch, und während sie überlegte, was sie ihren Freundinnen in den Antwortbriefen berichten wollte, strich sie immer wieder liebevoll über das Stück Papier. Corinna hatte das Blatt mit grüner und roter Malkreide verziert, die nun Doris Handballen schmückte.

„Nach Hause", murmelte sie vor sich hin. Das kleine Mädchen hatte mal wieder den Nerv getroffen. Besser gesagt, ihre wunde Stelle, denn seit Tagen konnte sie kaum schlafen. Die Zusage für

Amerika lag auf dem Schreibtisch und ganz gleich wie nah der Weg in die Unabhängigkeit war, für so eine Sache brauchte sie den Segen ihres Vaters. Sie konnte nicht anders. Nur der Griff zum Telefon schien im Moment unmöglich und auch einer Diskussion in der Familie wollte sie sich nicht aussetzen. Aber sie sehnte sich nach einem Tanz auf dem Eis, bei dem sich mit Leichtigkeit das Leben in Amerika erträumen ließe. Ein langer Spaziergang endete an der Poststation am Bahnhof. Am Nachtschalter gab sie ein Telegramm an ihre Eltern auf: „Komme am 1. Weihnachtstag. Bringe zwei Freundinnen mit. Doris."

Weihnachten

Corinna erwies sich als echter Weihnachtsengel. Sie staunte überwältigt, als sie den großen Weihnachtsbaum mit den vielen brennenden Bienenwachskerzen im Wohnzimmer von Doris Eltern sah. Sie freute sich so sehr daran, lachte und klatschte in die Hände, dass alle anderen gerührt lächelten. Dann entdeckte Engelchen den großen Krippenaufbau im Moos unter dem Weihnachtsbaum mit Stern und Stall, Schafen und Hirten und sogar einem kleinen Eichhörnchen, das am Stamm des Tannenbaums empor flitzte. Doris Vater knurrte: „Aber nichts anfassen!" Corinna setzte sich im typischen Kleinkindersitz – Po auf dem Boden zwischen den nach hinten abgewinkelten Beinen, die ebenfalls den Boden berührten – vor die Szenerie und schaute sie versunken und ausdauernd an. Rebecca schlug vor, gemeinsam Weihnachtslieder zu singen. „Ihr Kinderlein, kommet", fing sie an und alle stimmten ein. Es passte einfach und entspannte die Situation. Die Stimmen von Doris Mutter und Rebecca klangen wunderbar zusammen. „Wollen Sie nicht bei uns im Chor mitsingen? Meine Töchter werden sicher auf Engelchen aufpassen in den zwei Stunden der wöchentlichen Probe." Engelchen schaute weiter den Baum und den Krippenaufbau an, aber ihr Lächeln wurde noch ein paar Grad strahlender, während die anderen weitersangen. Die Schwestern von Doris kicherten ausnahmsweise einmal nicht herum; sie mochten Corinna augenscheinlich und freuten sich über den überraschenden Weihnachtsbesuch, den Doris mitgebracht hatte.

Beim Frühstück am nächsten Morgen nahm Doris allen Mut zusammen und sagte wie nebenbei: „Ich werde übrigens das nächste Jahr im Ausland studieren. Ich habe ein Stipendium für die Columbia University in New York." Alle blickten sie an, einen Moment lang herrschte absolute Stille, dann kamen vier Kommentare praktisch gleichzeitig. „Oh Doris", rief ihre Mutter, „dann sehen wir dich ja ein ganzes Jahr lang gar nicht!" „Glückwunsch", lautete der knappe Kommentar ihres Vaters. Und die Schwestern spöttelten herum: „Kannst du deine Fremdwörter auch auf Englisch?" „Pass bloß auf, dass du nicht am Ende doch zu einem Date eingeladen wirst. So ein Ami-Boy ist sicher echt süß!" Dann wandte sich das Gespräch der nächsten Ladung des Toasters zu, wofür Doris an jenem Weihnachtsmorgen durchaus dankbar war.

Jetzt beendete sie entschlossen ihren Ausflug in die Erinnerungen an die Zeit rund um Schulabschluss und Studienanfang. Sie fuhr den Rechner herunter und verließ ihr Arbeitszimmer.

Kein Wort zu viel

Kein Wort zu viel

Sie war die schweigsamste Frau, die er kannte. Man erschrak sich manchmal richtig, wenn sie etwas sagte. Bei den Versammlungen der Reihenhaussiedlung in Hammerbrooklyn war ihr Blick oft ausdruckslos und sie schaute den Menschen selten ins Gesicht. Ihre Augen verloren sich im Raum an den Wänden und wirkten verschwommen.

Bei direkten Fragen an sie dauerte es gefühlte Minuten, bis eine Antwort kam. Kein Wort zu viel, nur das Nötigste. Ihr Mund war wunderschön und die Lippen hatten ein Rot wie von einem Lippenstift gezogen. Sie besaß aber keinen. Ihr Gesicht war auch ohne Schminke wie eine schöne Maske. Keiner wusste, warum sie so wenig sprach.

Er sah sie, wenn er zur Garage ging, um sein Auto zu holen. Direkt daneben hatte sie einen Balkon mit einem kleinen Garten davor. Hier saß sie bei Wind und Wetter.

Wie oft hatte er versucht, mit ihr ins Gespräch zu kommen, sei es zu Themen wie Wetter, Politik oder wie geht's denn so? Auf seine Fragen zuckte sie meistens wortlos mit den Schultern. Ihre Mimik war wie ein Fragezeichen, die Augen schauten an ihm vorbei.

Von einer Nachbarin erfuhr er, sie solle einst im Bordell Lagune in der Nachbarstadt gearbeitet haben. Sich das vorzustellen, fiel ihm schwer. Vor seiner letzten Ehe war er das letzte Mal im Puff gewesen, lange her. Damals war er oft in der Lagune, jedoch an ihr Gesicht konnte er sich nicht erinnern. Meistens hatte er in diesen Zeiten unter Alkohol gestanden – oder vielleicht hatte sie gerade an seinen Tagen frei oder war beschäftigt? An zwei Namen von damals konnte er sich gut erinnern, zum Beispiel Monique und Arabella, sie waren seine liebsten Huren. Was wohl aus ihnen geworden war?

Als er eines Abends etwas angetrunken an ihrem Balkon vorbeikam, fragte er sie spontan, was denn Monique aus der Lagune heute so machen würde und ob sie wisse, wo sie jetzt lebt?

Das erste Mal guckte ihm die Frau nun direkt in die Augen, ihr Blick glühte wie Kohle und sie schrie: „Woher soll ich das wissen? Verpiss dich Alter!" Laut knallte die Balkontür und sie verschwand in ihrer Wohnung.

Erste Hilfe

Aufgeflogen. Sie hatte sich fast schon in Sicherheit gewähnt. Ihre Umgebung war so harmlos bürgerlich und sie hatte sich an alle auferlegten Regeln gehalten. Selbst auf die geliebten Spaziergänge am Ende des Tages, wenn sich das Licht zurückzog, um Platz zu machen für die Dunkelheit, hatte sie verzichtet. Am Abend wurde es in ihrer Straße ruhiger. Es beruhigte sie, wenn sich die Vorhänge vor den Augen neugieriger Nachbarn schlossen. Ihr Balkon wurde zu ihrem täglichen Ausflugsziel. Hier konnte sie die Luft der Jahreszeiten atmen. Sie konnte den Schnee riechen und die Kraft des Frühlings. Das Testjahr schleppte sich mühsam durch die Zeit, aber nun war es fast vorüber. Sie hatte die Reihenhaussiedlung als neue Heimat angenommen. Wenn sie auf dem Balkon saß, konnte sie Kinder hören, die auf dem Schulhof der nahen Schule spielten. Dort sollte auch ihre Tochter einmal eingeschult werden. Nur noch ein Monat und zwölf Tage trennten sie von der Aufhebung der auferlegten Einsamkeit.

Sie wählte die Nummer von Kirsten Meyer. Die Frauen hatten sich noch nie gesehen und trotzdem kannten sie intime Geheimnisse voneinander. Jedenfalls die, die sie in ihrer erdachten Identität miteinander ausgetauscht hatten. Für jeden Lauscher, ob zufällig oder geplant, telefonierten zwei langjährige Freundinnen miteinander.

Kirsten Meyer war etwas älter als die junge Frau, die über Nacht zu ihrem Schützling geworden war.

Bevor man sie in das Kommissariat für Zeugenschutz rief, hatte sie fast 15 Jahre im Innendienst der Polizei gearbeitet. Sie wurde aus der aktiven Polizeiarbeit versetzt, als sie ihre Schwangerschaft bekannt gab und war einfach geblieben nach einer Fehlgeburt im sechsten Monat. Auf dem Display ihres Telefons sah sie die Nummer, die einen Ernstfall ankündigte. Im Zusammenhang mit Maren gab es zwei, eine zum regelmäßigen ‚Freundinnenplausch' und eine für den Notfall. „Hallo Maren, meine Liebe, geht es dir gut?" Auch bei Gesprächen unter der Notfallnummer führten sie ihr Spiel fort. „Ja sehr gut. Ich habe die Reiseunterlagen bekommen." Das war eines der abgemachten Schlüsselworte. Kirsten musste ihren Atem kontrollieren, nur keine ungewöhnliche Regung zeigen. Alles lief jetzt nach Plan. „Na super, das klappt ja wie geplant", antwortete sie. Nun war auch bei Maren das Signal gesetzt. Alles würde ab jetzt so laufen, wie sie es viele Male besprochen hatten.

Während Maren ihren Koffer packte, überlegte sie kurz, ob sie ein Bild von Jörn mitnehmen sollte. Nicht das Bild des Zuhälters, der sie benutzt und ausgebeutet hatte und sie immer mehr in Machenschaften hineinzog, die ihr Ekel bereiteten. Sondern das Bild des Mannes, den sie wirklich geliebt hatte und der immer der Vater ihres Kindes blieb. Sie legte die alte Brieftasche mit den wenigen Bildern aus der Zeit, die sie vergessen wollte, wieder in die Schublade. Nur ein Bild von ihrer kleinen Tochter versteckte sie im offenen Futter der Innentasche ihres Blazers, obgleich es verboten war, persönliche Fotos mitzunehmen.

Sie war ausgestiegen aus dem Milieu. Der Entschluss war in ihr herangewachsen, im gleichen Tempo wie ihre kleine Sonja. Für den Kiez war sie unbrauchbar geworden. Die schwangere Frau des ‚Chefs‘ wurde geschont. Sie hatte Zeit und beobachtete und lernte. Sie wusste genau, wie sie sich in Sicherheit bringen konnte. Mit dem neu geborenen Kind im Arm und einer kleinen Tasche mit wichtigen Unterlagen fuhr sie in die Stadt. Nicht zum Polizeipräsidium, sondern direkt zur Innenbehörde. Sie kannte Berichte von Spitzeln in der Polizei, die längst so in das System der Banden verstrickt waren, dass sie erpressbar wurden. Der Besitz wichtiger Informationen aus dem Dschungel von Drogen- bis Menschenhandel war ihre Lebensversicherung. Sie bot sich als Zeugin an und sie wusste, dass man ihr helfen musste, wenn ihre Aussage sie und ihre Tochter in Lebensgefahr bringen würde. Drei Jahre hatte der Prozess gegen die Kartelle gedauert. In geschützter Umgebung konnte sie bei ihrer Tochter sein. Die Stufe zwei im Zeugenschutzprogramm sollte sie beide auf ein eigenverantwortliches Leben in Freiheit vorbereiten.

Mit einem letzten Blick auf den Balkon verließ Maren ihre kleine Oase, die Heimat für die kleine Familie hatte werden sollen. Plan A war gescheitert und nun folgte Plan B, der sie ganz weit weg bringen würde von ihrer Tochter, die bei Pflegeeltern unauffindbar untergebracht war.

Sie checkte nach Teneriffa ein. An der Gepäckkontrolle wurde sie gebeten, ihren Laptop untersuchen zu lassen. Routinemaßnahme. An der Seite eines Beamten ging es in einen abgesonderten Raum. Von dort wurde sie zur VIP-Lounge der Fluggesellschaft Emirates gebracht. Kirsten erwartete sie. Beide wussten bis dahin nicht, wohin die Reise ging. Kirsten nahm die junge Frau, die sie nur von Bildern kannte, in den Arm.

„Du wirst deine Tochter wiedersehen", flüsterte sie ihr leise ins Ohr. „Das verspreche ich dir."

Verstrickt

„Deine Tochter", schrie es in ihrem Ohr und hallte nach „Tochter, Tochter!" Zu plötzlich alles, der Aufbruch, der Abflug, Panik. Dazu die vielen drängelnden Menschen. Wie ferngesteuert hatte sie funktioniert. Eine abgewürgte Maschine, die trotzdem laufen musste. Lief sie jetzt aus dem Ruder? Das sanfte Klopfen auf ihren Rücken und diese Stimme brachen die Maschine auf. Sie krümmte sich und krampfte, aus ihrem Inneren quälte sich trockenes Schluchzen. Sie erschrak, zitterte, niemand durfte das mitkriegen. Doch sie konnte es nicht mehr kontrollieren.

Nach einer Weile wurde sie ruhiger. Nun überstürzten sich ihre Gedanken. Wieder neue ‚Einzelhaft', wieder ein ganzes Jahr ohne ihre Tochter. Ohne Nähe, ohne Freunde, ohne Familie. Lebte ihr Vater überhaupt noch, so wie der immer getrunken hatte? Und ihre Mutter war tot, ein viel zu frühes Opfer von Krebs und Kummer. Gab es ein Jenseits, von dem aus sie sehen konnte, was ihre Tochter durchmachte? „Oh Himmel, gib mir Kraft, ich muss stark sein, ich muss Vertrauen haben, vor allem in mich selbst." Ja, sie war stark, sie war nicht nur ein Bündel aus Angst und Verzweiflung, oh nein, in ihr brannte auch eine furchtbare Wut. Wenn die ausbrach, dann lief ihr Grips auf Hochtouren. Dann konnte sie klar handeln. Und der Drang, ihr Kind und sich selbst zu beschützen, wurde übermächtig. Sie wurde zu einer Löwin, einer gefährlichen. Das hatten die Schweine schon zu spüren gekriegt. Damit konnten die nicht mithalten, davon hatten die keinen Schimmer. Bei denen gab's nichts als die Gier. Die schiere Gier nach Geld, Macht und Sex und das holten sie sich mit feiger, niederträchtiger Gewalt. Sogar Kindern gegenüber. Sie war in diese Hölle geraten, ahnungslos, dumm, geblendet von Geld und Protz. Dann hatten sie sie mit Drogen gefügig gemacht. Diese Schweine, dieser letzte Abschaum. Ihren guten Kern aber hatten sie nicht brechen können. Nein, sie würde es schaffen. Nicht wenige waren durch sie schon im Knast gelandet. Die Kampfmaschine Maren würde nicht rasten, bis auch der Letzte hinter Schloss und Riegel wäre.

Sie erschrak, warum nannte sie sich ,Kampfmaschine'? Das war sie im Grunde doch nicht. Sie konnte kämpfen als Mensch und Mutter für das Leben ihres Kindes, für sich und die Gerechtigkeit. Das konnte sie. Wenn diese Todesangst nur nicht wäre. Überwältigt davon wurde sie tatsächlich zur ,Kampfmaschine'.

Und was war vorher? Da war sie auch gierig aufs schnelle Geld. Auf möglichst viel davon ohne lästige Skrupel. Sie hätte nicht in dieses Milieu geraten müssen, das war für sie keine Einbahnstraße. Auch wenn die Mutter tot war und der widerliche Säufervater eindeutige Annäherungen versucht hatte. Dabei war's jedoch geblieben, es hätte schlimmer kommen können. Viel schlimmer. Sie war kein bloßes

Opfer wie die gequälten Kinder. „Ich bin kein komplett zerbrochener Mensch, ich hatte immer eine Wahl. Himmel, hilf mir."

Dies raste sekundenschnell durch ihren Kopf, während Kirsten sie zu einem Taxi bugsierte. Auf dem Weg steckte sie ihr Geld zu und gab mit ruhiger Stimme Anweisungen. „Jetzt kommst du in ein großes Hotel, viele Gäste, sehr viel Getümmel, da fällst Du nicht auf. Du bist eine geschiedene Frau und erholst dich. Mach' den Rhythmus des Hotels unauffällig mit. Hier hast Du eine Badetasche mit allem notwendigen Badezeug und hier einen neuen Personalausweis. Lerne diese Daten gewissenhaft auswendig. Lerne sie wie eine gute Schauspielerin. Sonst ist alles wie immer, du kannst mich auch jederzeit erreichen. Mach' dir unbedingt klar, dass nur ein betrunkener Nachbar dich wegen deiner alten Identität angemacht hat, es ist noch nichts passiert. Was hier passiert ist, schafft nur Unannehmlichkeiten und Enttäuschung, sonst nichts. Genieße möglichst auch die Vorteile deiner jetzigen Situation. Die Kerle sind bestimmt nicht auf deiner Spur. Und ein ganzes Jahr warten musst Du sehr wahrscheinlich auch nicht. Also nochmal: Der schlimmste Fall ist wirklich nicht eingetreten. Jetzt hab' nur Mut und sei ein ganz gewöhnlicher Hotelgast. Vier Wochen bist du hier. Halte dich immer in der Nähe anderer Gäste auf. Alles klar?" Kirsten nannte dem Taxifahrer eine Adresse, sagte Tschüss, und weg war sie.

Es lief alles wie am Schnürchen. Sie war jetzt Frau Maren Meinig und stand in einem Zimmer mit schönstem Ausblick auf die Hotelanlagen und das Meer dahinter. Würde sie schlafen können? Würde sie nicht die halbe Nacht auf die Tür und das Fenster starren? Sie vergewisserte sich sogleich, dass es nahezu unmöglich war, bei ihr einzusteigen. Ihr Zimmer lag im dritten Stock, der nächste Balkon war mehrere Meter weg. Sehr gut. Das wenigstens. Jetzt die Zimmertür: Die öffnete sich zuerst auf einen kleinen Flur, und dann gelangte man ins eigentliche Zimmer. Was würde das Öffnen der Tür unmöglich machen? Das war's, der Couchtisch. Er passte so perfekt in den kleinen Flur, dass kein Zentimeter mehr frei blieb zwischen Tür und Wand. Ein Glückstreffer, vielleicht konnte sie wirklich mal ohne Alpträume schlafen.

Nach einer mäßig nervösen Nacht saß sie nun im Frühstücksraum und konnte es genießen, ausgiebig zu frühstücken. Die vielen Menschen waren plötzlich herrlich wohltuend. Harmloses Geplapper, hier und da ein Lachen. Normales Hotelleben. Unerwartet überkam sie eine große Lust im Meer zu baden.

Wenn sie ihre Tochter erst wiederhätte, würde sie mit ihr hierherfahren, sie würde ihr Schwimmen beibringen, sie würden zusammen Sandburgen bauen und hätten abends einen Riesenhunger. Mit diesen Träumen lief sie zum Strand, ergatterte eine freie Liege, warf ihr Handtuch darauf, den Bikini hatte sie schon an und ließ sich sogleich ins Wasser fallen.

So verliefen zwei ungestörte Wochen, in denen sie sich zu ihrem Erstaunen tatsächlich gut erholte. Sie redete zwar nur das Allernötigste und belanglose Dinge mit anderen Menschen, aber eine ‚Einzelhaft' war dieser Aufenthalt bestimmt nicht. Bald zeigte ihr der Spiegel eine junge braungebrannte Frau, die fast ein bisschen zufrieden aussah. Ihre Alpträume mäßigten sich und allmählich begann sie, intensiv von ihrer Tochter zu träumen. Träume, in denen beide lachten und spielten.

Und dann, nach zwei Wochen und wirklicher Erholung, spürte sie plötzlich etwas wie eine Berührung. Doch niemand hatte sie berührt. Während sie noch bis zu den Knien im Wasser stand und aufs Meer hinaussah, wusste sie, es waren Blicke. Sie drehte sich unauffällig um und bemerkte einen kräftigen Mann, der sofort wegschaute, als ihre Augen seine trafen. Alles zog sich in ihr zusammen. Was sollte das? Männerblicke war sie doch gewohnt, die waren einfach normal. Trotzdem, da war sie wieder, die alte, brutale Angst. Sie schwamm lange mit kräftigen Stößen, powerte sich richtig aus und es gelang ihr schließlich, sich zu beruhigen. Ein ungutes Gefühl aber wurde sie nicht los.

Zorro

Als sie an den Strand zurückkam, war der Mann verschwunden. Sie nahm ihr Handtuch und ging auf ihr Zimmer. Unter der Dusche brauste sie das Salzwasser vom Körper und salbte ihn danach sorgfältig ein. Sie zog ein leichtes Blümchenkleid an und malte sich nach langer Zeit zum ersten Mal die Lippen mit einem pinkfarbigen Lipstick an, den hatte sie sich im Dutyfree-Shop gekauft. Dann setzte sie ihr schwarzes Sonnencap auf, klemmte sich die Wochenzeitung unter den Arm und steuerte auf den Fahrstuhl zu. Die Tür öffnete sich und sie war allein auf der Fahrt nach unten. Sie hasste es, mit mehreren Menschen in einer beengten Räumlichkeit zu sein, bei drei Leuten bekam sie schon Platzangst.

Unweit der Poolbar suchte sie sich einen schattigen Platz auf einer Liege. Um die Bar herum standen viele Menschen, jung und alt gemischt. Sie schienen sich zu amüsieren, lautes Gelächter schallte über die Poollandschaft. Die meisten hier waren Deutsche, ein paar Engländer, die erkannte man schon von weitem an ihrer roten, verbrannten Haut, Männer wie Frauen. Sie knallten sich schon morgens nach dem Frühstück an den Strand und blieben dort stundenlang liegen, von Sonnenschutz und Hautkrebs hatten die wohl noch nie etwas gehört. Ihr taten sie leid, sie müssten doch Schmerzen haben und nachts kein Auge zu tun können.

Als die junge, hübsche Spanierin zu ihr kam und sie fragte, was sie ihr bringen könne, antwortete sie spontan: „Einen Aperol Spritz bitte!" Die Werbung hatte sie überall am Flughafen gesehen und sie kannte das Getränk nicht. Jetzt war der Tag, an dem sie nach vielen Jahren zum ersten Mal wieder Alkohol trinken wollte! Einen Drink und dann wieder aufs Zimmer, dachte sie bei sich. Die Bedienung brachte ihr ein riesiges Glas mit frischen, grünen Zutaten dekoriert, auf viel Eis mit Zitrone. Es sah aus, wie auf den Werbeplakaten. Dazu bekam sie einen kleinen Teller mit Tapas, die gab es umsonst dazu.

So müssen sich Leute aus der Upperclass fühlen, dachte sie bei sich, und nippte an ihrem Getränk. Sie schloss die Augen und ließ sich die Aromen auf der Zunge zergehen. Den Alkohol schmeckte sie überhaupt nicht, Melisse, Pfefferminz und Zitrone mit dem leicht bitteren Beigeschmack taten ihr und ihrer Seele gut.

Mit beiden Händen hielt sie das riesige Glas, die Strohhalme hatte sie auf den Beistelltisch gelegt.

Jetzt erst merkte sie, wie durstig sie war! In Nullkommanichts war das Glas leer. Die Tapas verspeiste sie danach, sie waren köstlich. Als sie nach der Bedienung Ausschau hielt, um zu bezahlen, stand diese schon vor ihr und überreichte ihr ein neues Glas, mit dem Satz: „Mit freundlichen Grüßen von Zorro."

Der Name schlug in ihrem Gehirn ein wie Donner und Blitz! Der Mann am Strand vorhin… er war Zorro, der ehemalige Türsteher der Lagune! Ihr Kopf drohte zu platzen, nichts wie weg hier, dachte sie! Schnell unterschrieb sie den Zettel mit ihrer Zimmernummer, griff nach der ungelesenen Zeitung und sprang vom Liegestuhl auf, den Drink ließ sie stehen. Das Sonnencap tief in die Stirn gezogen, versuchte sie einen gemäßigten Gang bis zum Fahrstuhl einzuhalten. In der Fahrstuhlkabine, zum Glück allein, fing sie an zu zittern, ihr Herz schlug bis zum Hals.

Zorro, er hatte wegen versuchtem Totschlag im Knast gesessen! Wie lange war das her? Ihr fiel ein, dass er irgendwann auf Bewährung freigelassen worden war.

Ihr rann Schweiß in die Augen, gleichzeitig kamen ihr die Tränen. Ihre gefühlte Sicherheit nach nun fast vier Wochen war weg! Wieder lief ihr die Vergangenheit über die Füße, Zorro hatte sie erkannt.

Sie versicherte sich, dass ihr niemand folgte. Der Flur leer, es war gerade 18 Uhr. Sie betrat ihr Zimmer und er war nicht zu übersehen, der riesige Rosenstrauß mit einem weißen Briefumschlag auf dem Couchtisch. Auf dem Couvert stand: „Für Lola von Zorro."

Ihre Hände zitterten, als sie den Umschlag öffnete. Drei handgeschriebene Seiten fielen ihr entgegen. Die Handschrift war gut leserlich und wirkte fast wie die einer Frau. Sie las den Brief drei Mal hintereinander. Dann legte sie sich auf Bett und fing an zu lachen. So hatte sie ewig nicht gelacht. Sie wälzte sich wie ein kleines Kind auf der Matratze hin und her und strampelte mit den Beinen in der Luft.

Dann nahm sie ihr Handy und wählte seine Nummer. Zorro, alias Hans-Werner Meier meldete sich: „Hallo Lola, äh ... Maren Meinig, schön, dass du dich meldest. Sehen wir uns gleich im

Restaurant? Tisch 8 ist um 19 Uhr reserviert." Ihre Antwort: „Sehr gerne, lieber Hans-Werner, ich freue mich."

Maren Meinig sprühte sich einen Hauch von Eau de Toilette über ihren Körper, zog die Lippen nach, und, nachdem sie ihr Spiegelbild wohlwollend betrachtet hatte, ging sie ins Restaurant.

An Tisch 8 saß ein gutaussehender, gepflegter Mann, bei dem nur noch das Hand-Tattoo, ein Totenkopf, an Zorro erinnerte. Er trug ein lässiges Outfit und hatte sich eine kleine Blume in das Knopfloch seines Polo-Shirts gesteckt. Lächelnd stand er auf, als sie vor ihm stand und nahm sie in seine Arme. Sie ließ sich auf den Stuhl fallen und lächelte zurück.

Hans-Werner Meier hatte im Knast erfolgreich eine Tischlerlehre abgeschlossen, war vorzeitig aus dem Gefängnis entlassen worden und hatte Lehramt studiert. Seit 5 Jahren war er Berufsschullehrer in Herne. Zum dritten Mal verbrachte er seine Sommerferien in diesem Hotel. Er war Single.

Leben und leben lassen

Leben und leben lassen

„Das Leben durchliebt mich. Ich werde vom Leben durchliebt", mantrenartig wiederholt sie diesen Satz. Sie hat ihn sich aus mehreren Büchern gebastelt. Er gefällt ihr. „Ich werde vom Leben gerade durchgekitzelt", passt noch besser und „das Lachen bleibt mir im Halse stecken," entspricht noch mehr der Realität.

Sie hat ein Indiz gefunden, dass ihr Mann sie nicht als „the one and only" betrachtet. Der Klassiker, seinen Mantel zur Reinigung zu bringen, noch mal die Taschen nachzugucken und eine kleine Rechnung einer Bar zu finden, war es nicht. In letzter Zeit hatte sie immer öfter den Eindruck, zwischen ihnen sei ein nebliger Raum. Dummerweise hatte sie sich die Frage: „Liebst du mich noch?", nicht verkneifen können. Bevor sie einschreiten konnte, hatten sich ihre Lippen, ihre Zunge und ihre Stimmbänder selbstständig gemacht und sie wieder mal in diese Falle tappen lassen. Seine Reaktion war wie immer in der letzten Zeit. Ein inneres Augenrollen, diese unangenehme, etwas zu lange Pause, dann ein unengagiertes: „Ja, sicher." Und dann der Hauch eines verzweifelten Lächelns.

Sie hat sich bei nächster Gelegenheit auf die Suche gemacht im Schrank, in seiner Kulturtasche, in seinem Buch, das er gelegentlich liest. Und da hat sie es gefunden. Eine Grußkarte mit schmusenden Robben und eindeutigem Text, schöne Handschrift, akkurat schwungvoll. Verdammt, jetzt hat sie es vor Augen, nicht mehr wegzudeuten. Sie wollte es ja so!

Das Leben kitzelt mich durch. Ich japse nach Luft, wann hört der Wahnsinn denn auf? Zu ihrem Erstaunen hört sie klar eine Stimme, die keine richtige Stimme ist: „Es fängt erst an, behalte deinen Humor, nur so wird es gehen."

Traurig und wütend und gar nicht humorvoll nimmt sie Geld und Tasche und läuft in Richtung Einkaufszentrum. Ihr freier Tag nach langer Durststrecke, mit nichts als Arbeit, nimmt Fahrt auf. Er entwickelt sich unerfreulich. Sie lächelt kurz innerlich: Ein Wort mit Sch.... würde auch gut passen, besser sogar!

Fast wäre sie gestolpert über eine Hundeleine. Genervt schaut sie hoch aus ihrer Tagtraumwelt in ein Frauengesicht, das ihr seltsam bekannt vorkommt. Das Lächeln, die Lippen, das Grübchen am Kinn, woher kennt sie das? Die Antwort kommt schnell: „Hallo Marion, was für ein Zufall, erinnerst Du Dich noch an mich? Grundschule 1. bis 4. Klasse, naaa?"

„Das ist doch ... Du bist doch Susanne?" Susanne nickt, streicht sich ihre strähnigen Haare aus dem

Gesicht – auch diese Geste kommt ihr bekannt vor – und lächelt ehrlich erfreut. „Wie schön! Das ist mein Hund, mein ständiger Begleiter."

Marion schaut auf Susanne. Vor ihr steht eine verwahrloste Frau mit einem freundlichen Gesicht, einer warmen Stimme und einer seltsam angenehmen Ausstrahlung. Manchmal hat es auch Vorteile, wenn Lippen, Zunge und Stimmbänder ein Eigenleben führen. Jetzt zum Beispiel mit der Frage: „Setzten wir uns dort hinten hin, ich geb' einen Kaffee aus?" Der große Hund mit den wunderschönen Augen findet auch seinen Platz, Marion bestellt ganz gegen ihre Gewohnheit Kartoffelsalat und Würstchen und hofft, Susanne zieht mit; tut sie.

Schnörkellos, bevor Verlegenheit entsteht, beginnt Susanne zu erzählen: „Ich bin obdachlos, schon eine ganze Weile, mein ein und alles ist mein Hund, manchmal nehme ich winzige Jobs an, ohne Wohnsitz ist es schwer, aber vor allem brauche ich Geld für ihn. Nachts gehe ich meistens in Unterkünfte. Für Frauen ist es gefährlich auf der Straße, auch mit Hund, andererseits ist es schwierig mit ihm in den Unterkünften. Und wie geht es Dir so? Du siehst toll aus, aber auch irgendwie traurig!" Gut beobachtet, meine Liebe, spricht Marion nicht aus, aber bei so viel Ehrlichkeit und Freundlichkeit mag sie auch kein Theater spielen. „Viel Arbeit und ein Ehemann auf Abwegen und kein Hund", fügt sie hinzu und schaut ihm verliebt in die Augen. Was für Seelenfenster, für den würde ich auch alles tun!

Marion erinnert sich. Susanne war eines dieser Mädchen, die tonangebend waren. Ihre Freundin zu sein, war wichtig und ließ einen in der Klassenrangordnung höher steigen. Sie hatte es nie geschafft, stand immer etwas am Rand, hatte versucht es mit Lernleistung auszugleichen und bewunderte Susanne im Stillen. Was sie mit Anstrengung versuchte, machte Susanne scheinbar mit Leichtigkeit und blieb trotzdem sozial. Sie ließ abschreiben und wurde regelmäßig zur Klassensprecherin erwählt, was ihr, Marion, nie gelang. Jetzt hier im Kiosk fühlt sie plötzlich schmerzhaft deutlich, wie gerne sie auch gewählt worden wäre! Susanne merkt sofort, dass Marion abschweift, legt ihr die Hand auf ihren Arm und sagt: „Danke, das Essen tut mir so gut, hatte lange nichts mehr!"

Paare

Lange schaut sie der Frau hinterher, die mit aufrechtem Gang ihren großen Hund führt. Selbst ohne Leine weicht er ihr nicht von der Seite. „Ein schönes Paar", denkt sie. Susanne, ihre Mitschülerin aus der Grundschule, dreht sich nicht um. Marion wäre

froh, wenn sie ihr noch einen Augenblick Aufmerksamkeit geschenkt hätte. Es hat sich nichts geändert.
Susanne ist, wie sie immer war, aufmerksam, zugewandt und von unaufdringlicher Ehrlichkeit, immer und zu allen gleich. Viele wollten ihre beste
Freundin sein, aber wie ihr Leben nach Schul-
schluss aussah, blieb im Verborgenen. Offensichtlich gibt es Dellen in ihrer Biografie, aber was es
auch immer war, sie gibt das Zepter nicht aus der
Hand.

„Und ich?" Sie wollte sich in Gedanken gerade
bereitwillig der Niederlage einer betrogenen Ehe-
frau hingeben, aber zu ihrer Erleichterung folgt der
kurzen Schnappatmung ein tiefer Atemzug, der ihren Bauch aufbläht, dann ganz langsam aus den fast
geschlossenen Lippen entweicht und dabei einen
klaren Kopf hinterlässt. „Na, das ist ja gerade noch
mal gut gegangen", sie kann sich ein zufriedenes
Grinsen nicht verkneifen. „Ich bin so, wie ich eben
bin. Eigentlich wie ich immer schon war." Wäre sie
allein gewesen, dann hätte sie jetzt mit dem Fuß gegen den Laternenpfahl getreten. Sie schaut sich etwas verlegen in der Fußgängerzone um, denn sie
sprach gerade laut mit sich. Und eigentlich ist sie
auch ganz zufrieden. Sie hat sich längst mit sich
selbst arrangiert. Man mag ihre Gesellschaft. „Mit
Dir kann man Spaß haben und nach jedem

Gespräch fühlt man sich etwas beschenkt", so endete das Loblied ihrer Freundin Marie zu ihrem Geburtstag. Sie feierte den Vierzigsten „und mit Dir ist es so immer harmonisch und friedvoll", beendete ihr Mann seine Rede.

Ja, es liegt ihr nicht, mit großem Getöse kleine Unstimmigkeiten auszuleben. Sie wartet ab, beobachtet und reagiert. Aber das jetzt, ihr Mann und eine andere, das ist doch mehr als eine Kleinigkeit. „Wie würde Susanne reagieren?" Ihre innere Stimme versucht, sie in Aufruhr zu versetzen. „Ach, das ist doch völlig egal", kontert sie. Die Gegenwehr kommt prompt und mit geballter Faust in der Jackentasche. „Ich würde doch nicht mit ihr tauschen wollen und Susanne mit mir wahrscheinlich auch nicht. Es ist, wie es ist", trotzt sie ihren inneren Dämonen. „Und es gibt keinen Grund, jetzt kopflose Entscheidungen zu treffen."

Vor dem Schaufenster des kleinen Buchladens bleibt sie stehen. Sie haben ‚Mutmachbücher' für Kinder dekoriert. Eines hat den Titel: ‚Ich bin, wie ich bin'. „Ja, so ist es", denkt sie, „aber man hat doch Gestaltungsspielräume, die es einfacher machen, mit sich zu leben, wenn es mal ‚dicke' kommt." Ihre Bestandsaufnahme ist gewohnt sachlich: Sie haben es gut miteinander. Seit über zwanzig Jahren teilen sie ihren Alltag und ihre Pläne für die Zukunft. Sie liebt ihn und er liebt sie. So ist es. Auch, wenn der Ausdruck gegenseitiger Zuneigung etwas leidenschaftsloser geworden ist, aber, gemessen an der gemeinsamen Zeit, nicht lieblos. Das Ergebnis ihrer Beziehungsanalyse beruhigt sie, ohne sie zu versöhnen. Im Gehen lässt Marion ihren Gedanken freien Lauf: „Er ist an der Reihe. Er muss sich überlegen, wie es weitergehen kann."

Sonntagmittag kommt er von einem Seminar nach Hause. Er klingelt. Er will ihr nicht unangemeldet begegnen. Ein kraftvolles Bellen ist die Antwort. Marion macht ihm die Tür auf und ruft mit ruhiger Stimme ihren Hund zurück. „Das ist Max. Er muss sich erst mal an Dich gewöhnen."

Außer Kontrolle

Marion wirft ihr Haar zurück und schaut ihn provozierend an. Was wird er sagen, dass sie ohne Absprache mit ihm einen Hund angeschafft hat? Größere Anschaffungen hatten sie bisher immer gemeinsam abgesprochen.

Robert runzelt seine Stirn, Marion errötet von den Schläfen bis zum Hals. Wie gerne würde sie sich besser kontrollieren, cool sein, aber was soll's? ‚Sie ist, wie sie ist.' Sie beobachtet Robert genau, der betritt das Haus, wirft noch einen Blick auf Max, der ihn weiter anbellt, geht zielstrebig in die Küche und setzt einen Kaffee auf. Sie folgt ihm, setzt sich und streichelt Max, das beruhigt sie etwas. Ihr Herz pocht zwar immer noch sehr schnell, die Röte im Gesicht und die Hitze in den Wangen verfliegen nur langsam. Sie ist hellwach, all ihre Sinne sind wie von einer lauten Sirene aufgeweckt. Was sie empfindet, ist eine nie dagewesene Einsamkeit. Die Küche erscheint ihr auf einmal kalt, Robert kommt ihr wie ein Roboter vor, ein Fremder. Alle vorhandenen Bilder ihrer Gemeinsamkeit zerfallen vor ihrem inneren Auge, worauf kann sie sich noch verlassen? Sie kommt sich vor, als sei sie der einzige Mensch auf Erden. Sie muss jetzt aus eigener Kraft weitergehen, kann sich nicht mehr auf ihn verlassen. Es erfüllt sie ein tiefer Schmerz, wie hat sie ihm vertraut, ihn geliebt. Er hat ihre Welt erweitert, sie mit seinem Lachen mitgetragen. Sie war glücklich mit ihm. Robert holt zwei Becher aus dem Küchenschrank, reicht ihr ihren Lieblingsbecher mit dem Schriftzug ‚Leben und leben lassen'. Eine liebevolle Geste von ihm, registriert sie.

Schweigen breitet sich im Raum aus, es erfüllt ihn immer stärker wie das Crescendo in einem Konzert. Es kommt ihr vor, als säßen sie jeder auf einer einsamen Insel, umringt von einem Meer aus bedrohlicher Stille. So muss es vor einem Tsunami sein, bevor der Sturm losbraust. Dann eröffnet er zögerlich und verunsichert das Gespräch: „Warum hast Du so spontan einen Hund angeschafft?" Marion kann nicht an sich halten und wirft die ‚Robbenkarte' vor ihm auf den Tisch. „Was soll das? Wer ist sie? Warum weiß ich nichts von Deiner neuen Bekanntschaft?"

Robert holt tief Luft und nimmt einen Schluck Kaffee. Die Frage, warum sie ihm hinterher spioniert, verkneift er sich. Er will nicht noch mehr Öl ins Feuer gießen. „Ich habe mich verliebt, um Deiner Frage zuvor zu kommen, wir haben ein Verhältnis seit einem Monat und ich bin froh, dass Du es jetzt weißt." Er guckt sie mit klaren braunen Augen an. Marions Augen werden feucht, Tränen rollen über ihre Wangen. Sie bemerkt, dass sie gehofft hatte, ihre Wahrnehmung und ihre Fantasien würden nicht stimmen. Am liebsten würde sie sich in seine Arme kuscheln, sich von Robert trösten lassen, wie so oft in ihrem Leben. Stattdessen schmiegt sich Max an sie, als spürt er ihren Wunsch nach Nähe. Sie beugt sich zu ihm, streichelt sein Fell, atmet tief ein und aus. Stressatmung, das hat sie beim Yoga gelernt.

Jetzt fällt ihr erst die tiefere Bedeutung der Robben auf der Karte ein: Robert gleich zärtliche Robbe. „Nicht schlecht", denkt sie anerkennend, „die

Konkurrenz schläft nicht." Wann hatte sie ihm zuletzt eine so liebevolle Karte geschickt wie seine Geliebte? Ihr Rücken streckt sich, sie muss sich bewegen, steht auf und geht schnurstracks zur Tür. Max folgt ihr auf den Fuß. „Ich bin in einer Stunde zurück", sagt sie, bevor die Tür sich hinter den Beiden schließt.

Sie joggt, Max läuft begeistert neben ihr her, sie will die Spannung aus ihrem Körper bekommen, wieder freiwerden, um klare Gedanken fassen zu können. Sie fühlt sich immer kräftiger, langsam kriecht die Wut in ihr hoch. „Du bist ein elendiger Feigling", brüllt sie in den Wind, „zu feige, um mir die Wahrheit zu sagen." Sie fühlt sich wie im Sturm ihrer Gefühle, kann ihnen kaum folgen, Erinnerungen blitzen auf, Erinnerungen voller Zärtlichkeit und Leidenschaft. Sie spürt fast körperlich, wie es war, wenn er seine Zunge langsam in ihren Mund schob, ihr ganzer Körper erst von einem sanften Kribbeln und dann von der Sehnsucht, mit ihm zu verschmelzen, beherrscht wurde. „Du Idiot", brüllt sie in die Luft, „machst alles kaputt." Plötzlich bellt Max ganz laut, sie schaut sich um, stolpert, kann das Gleichgewicht nicht halten und stürzt.

Treue

Eine warme weiche Zunge schleckt ihr über die Wange und die Augen, beim Mund wehrt sie sich. Nein, es ist nicht Robert. Sie schaut hoch, so gut es geht, und blickt in diese Augen. Sie gehören nicht Max, der steht wie unschlüssig daneben, sie gehören zu dem Wesen, in das sie sich sofort verliebt hatte, Susannes Hund. „Hey!" Zärtlich streicht sie ihm übers Fell. „Hey", sagt Susanne und bückt sich zu ihr runter. „Tut dir was weh, kannst du alles bewegen? Versuch es mal!"

Marion braucht nicht lange, um zu merken, dass ihr linkes Fußgelenk nicht in Ordnung ist. Gefühlt tut alles weh, aber das Fußgelenk schmerzt anders, bissiger und lässt sich nicht bewegen.

Susanne hilft ihr so weit, dass sie sitzen kann und kümmert sich um den Fuß. Zieht schnell und geschickt den Turnschuh aus und greift nach dem Sprunggelenk. Ihre Bewegungen sind so geschickt und professionell, dass die beiden Frauen sich nur anzuschauen brauchen und beide wissen Bescheid.

Marion, weil sie weiß, wo sie Susannes Profession einordnen soll und Susanne, weil sie sich erkannt fühlt. „Du kennst dich aus, oder?" „Ja", antwortet Susanne knapp, „wir können dich ohne fremde Hilfe nicht von hier wegschaffen, auf dem

Fuß kannst du nicht laufen, du brauchst einen Krankenwagen." Keine Zweifel, Susanne weiß, wovon sie spricht, und Marion rückt ihr Smartphone raus.

„Wie soll hier einer herkommen?" Susanne weist auf die Böschung. „Dahinter verläuft eine kleine Straße, die Böschung runter mit Trage und mit dir wieder rauf, oder sie nehmen einen Stuhl, das schaffen die Jungs von der Rettung schon. Die kennen Schlimmeres."

„Susanne, wie heißt dein Hund"? Marion hat beschlossen, nicht zu jammern, sich nicht zu wehren und Susanne in ihren Anweisungen zu folgen. Es fühlt sich seltsam geborgen an, von Kompetenz eingehüllt. Komisch, denkt sie, in solch einer Situation mit Robert hatte immer ich die Hosen an. Niemals hätte ich mich klaglos gefügt. Klar, weil ich nicht erkennen konnte, dass er wusste, was er tut.

„Fredi ist eine Sie, eigentlich Frederike, aber so ruft man ja keinen Hund. Sie ist für einen großen Hund schon alt, fast 15 Jahre. Ich hatte sie schon als Studentin." „Du hast Medizin studiert, stimmt's?" „Ja", mehr lässt Susanne nicht durchblicken, sondern verhandelt mit dem Disponenten des Rettungsdienstes. „Also, eine knappe Stunde können wir hier verbringen, länger nicht, dann rufe ich doch einen RTW, Jungs, dann entgeht euch ein Einsatz, macht mal hinne, das Sprunggelenk ist ganz sicher gebrochen. Welches Krankenhaus steuert ihr an? OK, weiß Bescheid, Danke, bis gleich!"

Marion schaut in ein Gesicht, das einen Moment ganz verloren wirkt, so anders als eben noch mit der burschikosen Ansage.

„Kennst du die?" „Nein, die nicht, aber ich bin lange im Rettungsdienst gefahren."

„Und jetzt nicht mehr?" Die Frage war so blöd, Marion hätte sie gerne sofort gelöscht, aber Susanne hat ihr freundliches Gesicht schon wieder aufgesetzt oder eingeatmet, denkt Marion, es wirkt total authentisch und zieht ihren arg mitgenommenen Anorak aus, um ihn ihr umzulegen.

„Ich werde gleich zur Straße gehen, damit die Sanitäter auch wissen, wo sie halten müssen. Kannst du allein mit zwei Hunden hierbleiben?" „Glaubst du, Fredi bleibt bei mir und lässt dich gehen?" Susanne lächelt ihr typisches ‚Susannelächeln'. „Sie ist Kummer mit mir gewohnt, aber vertraut mir blind. Klar bleibt sie bei dir, wenn ich es befehle."

Der Befehl ist ein sanftes Kommando und Marion ist allein. Sie hat Zeit, sich mit Fredi zu befassen. Noch nie, da war sie sich ganz sicher, hatte sie eine so wundersame Verbundenheit zu einem anderen Wesen gespürt wie zu diesem großen, braunen Hund mit dem kurzen Fell und den wunderschönen Augen. Max wirkt gegen Fredi kasperig und unfertig.

So geht das, denkt sie, das Leben durchliebt uns beide und das verbindet.

Robert fällt ihr ein. Der wirkt schon lange nicht mehr durchliebt und eine Verbindung kann sie auch nicht spüren. Alle konstruierten Argumente von Gemeinsamkeit und Interessen und Vergangenheit wirken plötzlich schal und kopfig. Impulsiv umarmt sie den großen Hund und spürt die Wärme. Treue ist eine Herzensangelegenheit! Tränen schießen Marion in die Augen. Und wenn nicht, funktioniert sie nicht! So einfach ist das.

Susanne kommt mit zwei Männern in Orange den Wall hinunter. Sie heben sie zu Dritt in den Tragestuhl, fixieren das linke Bein und Marion denkt an eine Sänfte, ein Vergnügen, das sie noch nie hatte.

„Kommst du mit ins Krankenhaus?" Susannes Gesicht verliert seinen freundlichen Blick. „Nein, nicht dorthin, wo sie dich jetzt hinfahren." Sie zögert kurz, „dort begann meine persönliche Geschichte, warum ich jetzt obdachlos bin." Sie tätschelt Fredis Kopf: „Sie war und ist die einzige, die mir die Treue gehalten hat, nach einem großen Fehler."

Was bleibt

Kaleidoskopische Gefühle

Heute entsorge ich meine Vergangenheit. Ich entscheide ganz allein, was mit meinen stilvoll aneinandergereihten, nach Farben sortierten Tagebüchern passiert.

Als ich pensioniert wurde, hatte ich mir die Mühe gemacht, sie nach Jahrgängen zu nummerieren. Es gab sechs Jahrzehnte geballte Erinnerungen im DIN-A5-Format. Ein Kaleidoskop meiner Lebens-Chronik. Und nun will ich es vernichten. Ich werde es keiner Gesellschaft für Zeitgenössische Geschichte zur Verfügung stellen. Ich werde es auch nicht in eine abschließbare Holzkiste packen und im Keller verstauen. Erst recht werde ich es nicht meiner Familie hinterlassen. Nichts soll anhand meiner Eintragungen überprüft und belegt werden können.

Meine Worte sollen niemanden mehr traurig machen, beschämen, beleidigen oder gar erzürnen. Was gestern nur für mich galt, ist heute oft nicht mehr wahr und wird mein Morgen nicht erleben.

Es steht fest, ich stelle die Leiter auf, werde mir die leuchtenden Notizbücher greifen, sie stapelweise in meine Radtaschen schichten, um sie dann zum Altpapiercontainer zu transportieren.

Wahrscheinlich werde ich dafür einen ganzen Nachmittag brauchen.

In Gedanken höre ich dich schon am Abend vor dem Fernseher sagen: „Irgendetwas hast du an deinem Regal verändert. Da ist ja so viel Platz entstanden."

Ich werde dir zustimmen und dir erklären, dass ich mich von meinen Altlasten befreit habe, von den Nachkriegsgeschichten mit der daraus folgenden Sprachlosigkeit ihrer Überlebenden, von meinen unbeantworteten Fragen, die ich dieser Kriegsgeneration gestellt habe, und von meinen zahlreichen Lieb- und Freundschaften, die in Wirklichkeit keine waren. Doch dies stellte ich erst fest, als wir beide uns begegneten und uns sofort ineinander verliebten.

Und jetzt, nach fast sechzig Jahren, weiß ich, dass nichts so bleibt, wie ich es einst aufgeschrieben habe, dass meine Erinnerungen sich stetig wandeln. Sie verlieren ihren Schrecken und erscheinen in einem neuen Gewand. Sein Material besteht aus Vergebung, Toleranz und Altersweisheit. Mit diesen Tugenden werde ich mich auf eine neue Zeitreise begeben und so nach und nach die entstandene Regallücke mit neuen Tagebüchern schließen.

Mein Entschluss steht fest. Jetzt gilt es, das Rad aus dem Keller zu holen und es gleichmäßig zu beladen und dabei umgehend die herausgefallene, vergilbte Ultraschallaufnahme der Fehlgeburt von 1988 aufzuheben und zerknüllt in eine Mülltonne zu werfen. Um sie wurden damals genügend Tränen geweint. Das Kind wäre heute 32 Jahre alt. Gott sei Dank folgten weitere Kinder, die am Leben geblieben sind. Jetzt bloß nicht wieder die Grübelspirale in Gang setzen. Was wäre gewesen, wenn ...? Das einzige Foto dieses nicht geborenen Kindes wird nun vernichtet.

Ich entscheide mich für den nahegelegenen Müllsammelplatz beim Aldi und warte geduldig, bis der Mann vor mir seine akkurat gebündelten Zeitungen im Container versenkt hat. Der Typ denkt überhaupt nicht daran, mir Platz zu machen, sondern stellt sich breitbeinig vor meinem Lenker auf. Obwohl er eine Mund-Nasen-Maske trägt, erkenne ich ihn sofort. Es sind seine stahlblauen, eiskalten Augen, die mich erschaudern lassen. Mein Körper gehorcht mir nicht mehr. Ich zittere, bringe keinen Ton heraus und will nur noch fliehen. Wie durch Watte höre ich ihn von Weitem rufen: „Na, Trudi, welchen Ballast wolltest du denn hier loswerden?"

Me Too

Vier Augenpaare waren auf sie gerichtet. Vier Frauen, die, während sie erzählte, mit geraden Rücken auf die Sitzkante ihrer Stühle gerutscht waren. Vier, die genau wussten, worum es hier ging. Ihre Körperspannung signalisierte Gegenwehr, aber in ihren Augen stand blankes Entsetzen. Es war das erste Mal, dass Maren die Notfallnummer angerufen und um ein Treffen in ihrer Regionalgruppe gebeten hatte.

„Was hast du dann getan und wieso hat er dich ‚Trudi' genannt?" Carola räusperte sich den piepsigen Ton in ihrer Stimme weg. „Ja, das war das Allerschlimmste. Als er den Namen sagte, fühlte ich mich hilflos ausgeliefert. Dieser ausgedachte Name war das Symbol meiner Erniedrigung." Während Maren auf Carolas Frage antwortete, spürte sie eine merkwürdige Gelassenheit in sich aufsteigen. Sie schaute in die Runde betroffener Frauen, auf deren Schultern sie gerade ihre eigene Last verteilt hatte. „Na ja, meine ‚Vergangenheit' habe ich erst mal wieder mit nach Hause genommen", ein verschmitztes Schmunzeln begleitete den Versuch, wieder in der Gegenwart zu landen. Sie war es den Frauen jetzt schuldig, sie an ihrer Entlastung teilhaben zulassen. Erleichtert rutschten diese wieder in ihren Stuhl hinein und Maren genoss einen

Augenblick Pause. Die erfolglose ‚Entsorgung ihrer Vergangenheit' hatte eine heftige Debatte ausgelöst.

Sabine, Botschafterin für ‚Terre des Femmes', eine Organisation, die sich für ein gleichberechtigtes und selbstbestimmtes Leben von Mädchen und Frauen einsetzt, war sich sicher, dass es nicht möglich ist, Erinnerungen zu vernichten. Sie gab dem Wort ‚entsorgen' noch eine Portion Schärfe dazu. „Jedenfalls nicht materiell, so einfach in die Tonne", sagte sie sehr entschieden. Zustimmend nickte Petra, die erste Professorin für Frauen- und Geschlechterforschung in Deutschland: „Meine Erfahrungen zeigen, dass es bedeutsam ist, wenn Frauen nicht aufhören ihre Erlebnisse zu berichten. Nur so hält die Debatte an und andere Frauen werden ermutigt anzuklagen – alles, alles was privat und beruflich diskriminierend ist." „Allerdings", relativierte sie ihre Position, „allerdings findet dies besondere Aufmerksamkeit, wenn Prominente sich als Opfer outen." Carola, die junge Frau, die diesen regionalen Ableger der ‚Me Too Bewegung' ins Leben gerufen hatte, hörte aufmerksam zu. Das Thema ihrer Masterarbeit war das Motiv, diese Gruppe zu gründen, die sich nun schon mehr als zwei Jahre traf. Alles, was gerade gesagt wurde, bekräftigte das Ergebnis ihrer Arbeit. Die Debatte um Diskriminierung und Ausbeutung von Frauen brauchte die Öffentlichkeit ebenso wie den stillen Rahmen, der Schutz bot und Verschwiegenheit sicherte. „Lasst uns die Diskussion abbrechen, wir sind uns doch einig?" Fragend schaute sie von einer zur anderen und senkte dann den Blick zum Boden. „Wir sind uns doch einig, dass jede Frau ihren eigenen Weg suchen muss, damit sie sich findet oder wiederfindet", fügte sie leise hinzu.

Maren widerstand dem Bedürfnis, sie in die Arme zu nehmen. Jeder Beitrag der Frauen war geprägt von der eigenen Geschichte. In dieser Gemeinschaft fühlte sie sich von Wolle und Seide eingehüllt. Ein Hauch Geborgenheit mit dem Luxus von Freiheit gab ihr eine feste Stimme: „Mir ist klar geworden, dass sich meine Erinnerungen mit jeder neuen Erfahrung mischen. Es ist unmöglich, dass sie, wie Blaupausen aufeinandergelegt, zu einer einzigen Wahrheit werden." Sie ließ sich Zeit, um die Bedeutung ihrer Worte mit dem aufzufüllen, was sie aktuell erlebte: „Und dies bedeutet nicht, zu vergessen. Heute weiß ich, es wird immer wieder ein Moment kommen, der mich auf ein Ereignis zurückwirft, das Wut und Scham und Verstörung auslöst. Aber in diesem Moment weiß ich, ich bin dem nicht machtlos ausgeliefert."

Es war das zweite Mal in derselben Woche, dass Maren die Nofallnummer der Gruppe wählte.

Carola hatte Telefondienst: „Maren, was ist passiert?" Maren versuchte, nicht dramatisch zu klingen. „Ich habe eine Adresse zur Vernichtung von wichtigen Dokumenten bekommen, dort möchte ich meine Tagebücher schreddern lassen." Sie machte eine kurze Pause. „Aber nicht alleine", fuhr sie fort, „ich brauche eure Unterstützung."

Phoenix aus der Asche

Hinter sich hört sie ein Räuspern. Unbemerkt ist er ins Zimmer gekommen und steht ganz nah hinter ihr. Nah bei ihr – wie schon so lange. Egal, ob sie sich berühren oder nicht, immer ist er nah. „Was für ein Geschenk", denkt sie – und wundert sich ein klein wenig, denn normalerweise würde er sich in so einer für sie schwierigen Situation eher zurückhalten, würde ihr Raum geben. Doch nun dreht er sie zu sich herum und blickt ihr in die Augen. „Ruf gleich zurück! Ich muss dir etwas sagen, hierzu. Es kann nicht warten!" Carola hat offenbar alles mitbekommen. „Melde dich einfach wieder, wenn du soweit bist", klingt es aus dem Telefon. Sie legt auf und blickt ihn an, schaut hinauf in seine Augen, die immer so dunkel sind, tief wie Bergseen. Aber heute ist da noch etwas anderes, eine kompromisslose Entschlossenheit, die sie seit Langem nicht mehr gesehen hat, da ist eine Härte in den Augen ihres sanften Mannes.

„Du wirst nicht deine Erinnerungen heimlich schreddern, weit weg von ihm, versteckt und mit den Freundinnen als Stütze. Das hast du nicht nötig und das hat er auch nicht verdient!"

„Aber, was soll das denn bedeuten?" Ihre Stimme ist rauh, gepresst. Sie will nicht reden darüber. Doch mit ihm wird sie eine Ausnahme machen. Mit ihm immer. „Warum denn nicht und – was soll ich denn deiner Meinung nach tun?"

„Wir machen ein Feuer damit, vor seiner Gartentür. Auf dem Bürgersteig. Wo er es gut sehen kann – und alle anderen auch. Die Nachbarn, die Passanten. Wenn uns einer fragt, warum, werden wir sagen, er hat es verdient, er ist ein schlechter Mensch."

Ihr werden die Knie weich. Suchend blickt sie sich um und lässt sich auf einen Stuhl fallen. Jetzt ist er noch größer. Immer überragt er sie um drei Köpfe, aber nun muss sie hochgucken zu ihm, kommt sich klein vor und schwach und flüstert „Ich glaube, das kann ich nicht. Er wird die Polizei holen. Er wird es mir verbieten. Er wird ..."

„Wird er nicht. Ich habe Ernst angerufen. Du weißt, dass er mir damals gesagt hat, wenn ich je einen Gefallen brauche ... – er ist mir etwas schuldig. Das ist jetzt, habe ich ihm gesagt: Jetzt, dieses eine Mal muss die Polizei wegschauen, muss beschäftigt sein, muss, ich weiß nicht was, vorhaben, aber ihm nicht zu Hilfe kommen. Dieses Mal muss der Anruf eines Mannes unwichtig sein, unbedeutend, übertrieben. Denn dieses Feuer muss brennen – und es muss vor seiner Tür brennen."

Feuer denkt sie. Ein Feuer, das brennt, das all die Gedanken verzehrt, das reinigt, das Asche zurücklässt. Aus der ein Phoenix hervorsteigt. Ein Phoenix, ein bunter schillernder Märchenvogel, der immer wieder geboren wird, den nichts verbrennt und nichts vernichtet, der einfach immer wieder aufersteht.

„Phoenix aus der Asche", murmelt er in ihr Ohr. Er ist auf die Knie gegangen und hält sie ganz fest. Offenbar hat er – wieder einmal – das gleiche gedacht. „Du bist mein schillernder, bunter Phoenix. Eine Frau bunter als das schönste Kaleidoskop und unzerstörbar. Und heute Nachmittag wird auch er das erkennen."

Neustart

Ole verlässt den Raum und lässt sie allein. Ihre Gedanken kreisen um das von ihm geplante brennende Szenario, das ihre Vergangenheit vernichten soll. Sie fühlt sich von ihm bevormundet, gegängelt und unfrei. Diese Gefühle kennt sie nur zu gut aus ihrer Kindheit. Leistete sie damals Widerstand und reagierte trotzig auf die elterlichen Verbote, bekam sie ständig Bemerkungen zu hören wie: „Immer musst du mit dem Kopf durch die Wand. Mit deinem Dickschädel wirst du im Leben nicht weit kommen!"

Wie unrecht sie hatten. Sie hat es sehr weit gebracht und darauf ist sie mächtig stolz. Auch heute will sie es niemandem recht machen und sich von niemandem vorschreiben lassen, wie sie ihre Vergangenheit zu bewältigen hat. Dies gilt auch für Ole.

Es schmerzt und zerreißt sie, wenn sie daran denkt wie er, ihr Fels in der Brandung, am Nachmittag ins Wanken geriet und ihr deutlich machte, dass er sich nach Jahrzehnten an Uwe für all das, was er letztendlich auch ihm angetan hat, rächen will. Wie oft hat er in dieser Zeit gemeinsam mit Maren unter ihren Verlassensängsten gelitten, nicht zu reden von all den Albträumen, die sie in der Nacht plagten.

Sie fühlt sich nach wie vor in seiner Nähe geborgen und geliebt. Die soeben zwischen ihnen entstandene Disharmonie wird sie später am Abend mit ihm klären. Jahrelang hat sie selbstkritisch ihre

Reflektionen zu dem erlebten Missbrauchsgeschehen zu Papier gebracht. Nun will sie ihr Augenmerk auf den ihr noch verbleibenden Zeitstrahl richten und es sich im Lesesessel mit einem Glas Rotwein und einem neuen Tagebuch gemütlich machen. Sie möchte nach vorne schauen und Zukunftsvisionen entwickeln für die Zeit, die ihr noch bleibt.

Carolas Rückruf und das, was sie berichtet, holt sie abrupt aus ihren Tagträumen. Es hört sich total irreal an. Das ganze Land, fast die ganze Welt, soll sich laut ihrer Freundin in einem Schockzustand befinden. Die Coronapandemie ist ausgebrochen und deshalb werden seitens der Regierungen Kontakt- und Ausgangssperren verhängt, Institutionen werden von einem auf den anderen Tag geschlossen und routinierte Alltagsabläufe unterbrochen.

Für Maren bedeutet dies, dass in absehbarer Zeit keine ‚Me Too'-Treffen mehr stattfinden können, und sie von der Gruppe zur Zeit keinen psychologischen Rückhalt mehr erwarten darf.

Ihr ist zum Lachen zumute. Diese Krise bietet ihr zeitnah die Lösung an, Oles geplantes Feuerwerk noch heute im Keim zu ersticken. Ihre Vergangenheit wird von ihm nicht verbrannt werden, denn die Devise für alle lautet jetzt: ‚Stay at home!' Ihr Blick fällt auf die randvoll bepackten Radtaschen unter ihrem Schreibtisch. Wohin damit? Sie füllt sich Rotwein nach und beschließt, ihre Entscheidung auf den nächsten Morgen zu vertagen.

Kein Fluglärm weckt sie. In den Nachrichten hört sie, dass der Luftverkehr eingestellt wurde, und alle Maschinen bis auf Weiteres am Boden bleiben sollen. Der sogenannte Lockdown zwingt die Menschen innezuhalten.

Maren hat sofort eine Idee. Sie wird nicht wie empfohlen zuhause bleiben. Schnell schreibt sie Ole einen Zettel „Dein Paradiesvogel ist ausgeflogen, kehrt abends aber wieder in sein gemütliches Nest zurück!"

Geradezu magnetisch zieht es sie auf ihr Fahrrad, hinaus in die Stille, auf die fast autofreien Straßen. Wie besessen tritt sie in die Pedale und trotz der schweren Gepäcklast bewegt sich die Tachonadel Richtung 30 km/h. Dabei nimmt sie amüsiert das metallische Klappern der Gartengeräte wahr, die sie schnell noch unter ihre Spinne geklemmt hat.

Maren hat jetzt ein Ziel vor Augen und ist sich sicher, dass sie es erreichen wird. Ihre immense Anstrengungsbereitschaft und ihr stark ausgeprägter Wille werden sie dabei unterstützen. Die Aussicht, sich in einigen Stunden von ihrem Ballast aus der Vergangenheit befreien zu können, versetzt sie in einen euphorischen Zustand. In einem Park gönnt sie sich eine Rast. Sie zückt ihr Moleskin Büchlein und einen Stift aus ihrer Lenkertasche. Lächelnd schreibt sie auf die erste Seite ihre Überschrift: „Ein neues Lebenskapitel beginnt."

Inhalt

Trialogisches Schreiben

Das Motiv, zu dritt Kurzgeschichten zu schreiben, bezog sich zunächst auf die Auswirkung des gemeinsamen Schreibens bezüglich der Entwicklung individueller Ausdrucksmöglichkeiten. Nicht nur im Sinne bekannter Vorteile des Schreibens in Gruppen, sondern auch auf Erfahrungen aus dem „Projekt Lyrik zu dritt", die zur Veröffentlichung einer Lyrikserie in sechs Bänden führten. Während wir uns für das Experiment des kollektiven Dichtens auf Form und Rhythmus lyrischer Formate bezogen haben und diese Vorgaben als Werkzeug nutzten, sollte nun der schreibende Trialog mit dem literarischen Instrument der Kurzgeschichte fortgesetzt werden.

Gelungene Kommunikation ist Regeln unterworfen, die sich Anlass und Ziel zuordnen lassen und die dabei immer auf der Basis von gegenseitigem Verstehen, Respekt und Wertschätzung funktionieren. Der Begriff der trialogischen Begegnung lässt sich auf einen didaktischen Ansatz des interreligiösen Lernens zurückzuführen, um Menschen mit jüdischem, christlichem und islamischem Hintergrund zu einem angemessenen Umgang mit der jeweils anderen Kultur zu führen. Entwickelt hat sich daraus der „Trialog der Kulturen"

(Sajak/Muth)[1] mit folgenden Kompetenzbereichen des trialogischen Lernens:

- Die Relevanz erkennen
- Den Dialog fördern
- Den Anderen anerkennen
- Die eigene Identität entwickeln
- Über die Schule hinaus wirken

Aus diesen Kompetenzen haben sich im psychosozialen Kontext Regeln abgeleitet, die sich insbesondere auf die subjektive Erfahrungswelt beziehen, die in trialogischer Kommunikation ein Machtgefälle zwischen den Akteuren nicht zulassen und dabei die Wahrhaftigkeit der Selbstpräsentation unbestritten lassen. So gilt:

- zu akzeptieren, dass jeder Mensch über eigene Wahrheiten verfügt
- auszuhalten, dass Wahrheiten im Widerspruch zueinanderstehen dürfen
- fremde Lebenswege und Erfahrungen gelten zu lassen und schätzen zu lernen

---

[1] Quelle: Abschlussarbeit Claude Spiller, Berner Fachhochschule für Gesundheit, Juni 2014

- Toleranz zu üben gegenüber befremdlichen Vorstellungen und Gefühlen
- Sensibilität für das subjektive Leiden anderer zu entwickeln
- Menschen zu ermutigen, eigene, selbst bestimmte Wege zu gehen

Auf der Basis dieser wertschätzenden Haltung können Werke entstehen, die in einem dynamischen Prozess die ‚fremde' Perspektive als Impuls zur Annäherung an eigene Gefühle akzeptieren oder die Distanzierung von festgefahrenen Positionen ermöglichen. Der literarische Trialog wird als kollektive Inspiration auf die Spitze getrieben. Aneignung, Abstraktion, Wiederaneignung und erneute Abstraktion. Es ist verblüffend, wie im Prozess des gemeinsamen Schreibens Ergebnisse entstehen, die als individuelles Produkt Bestand haben und dennoch, sozusagen im urheberrechtlichen Sinne, nicht mehr voneinander zu trennen sind. Die Worte bleiben immer meine und sind doch unwiderruflich angereichert mit der kreativen Energie der Beteiligten.

Veröffentlichungen

Konzeptionelle Lyrik in Serie

Band 1
Wenn die Nacht kommt in Manhattan
Renate Haußmann (Hg.), Christiane Maria Luti,
Barbara Rossi (Januar 2018)

Band 2
Kein Ton geht verloren
Kirsten Eckmann, Renate Haußmann (Hg.),
Andrea Katzenberger (Dezember 2018).

Band 3
Die Zeit ist Zeuge
Manon Haccius, Sabine Hammer,
Renate Haußmann (Hg.), (Mai 2019)

Band 4
Das ist ja komisch
Renate Haußmann (Hg.), Felizitas Peters,
Ursula Striepe (Juli 2019)

Band 5
Dunkle Seiten
Stephanie von Below, Renate Haußmann (Hg.),
Karin Harries-Hedder (Dezember 2019)

Band 6
Zwischen unseren Zeilen
Friederike Lydia Ahrens, Renate Haußmann (Hg.),
Tamara Jarchow (November 2019)

Die Lyrikserie ist erschienen bei: tredition, Hamburg

Zeitfracht Medien GmbH
Ferdinand-Jühlke-Straße 7
99095 Erfurt, Deutschland
produktsicherheit@kolibri360.de